Pour Victoire Tuaillon,

Il ne faut rien dire

Ce livre qui tente de terminer une histoire d'amour en l'inventant,

Bien à vous

Marielle

DE LA MÊME AUTRICE

chez le même éditeur

Ceux du noir, 2022

Marielle Hubert

Il ne faut rien dire

Roman

P.O.L
33, rue Saint-André-des-Arts, Paris 6e

ISBN : 978-2-8180-5996-8
www.pol-editeur.com

Pour Gabriel
Pour Hagar
Pour Énide

L'effort surhumain, consenti, que je dois faire
sur moi-même pour ne pas me saisir de toi
à n'importe quelle heure, du jour comme de la nuit,
pour ne pas obéir au désir insistant qui me lance
vers toi que je voudrais aimer, protéger et soumettre,
auquel je voudrais rendre mes armes et mes hommages,
n'achètera jamais rien qui te rendrait heureux,
chasserait les fantômes, t'inviterait enfin à poursuivre
ta route sans te soucier de tout ce qui jusqu'à présent
t'a rivé à l'asphalte et aux empêchements.

Mathieu Riboulet, *Les Œuvres de miséricorde*

Sylvette est mourante depuis des mois, presque des années. Elle a coincé sa mort entre les mois et les années pour confondre la masse du temps. C'est une bonne idée, la mort se tient proche mais coincée, elle reste où Sylvette l'a placée, entre les mois et les années, et les jours semblables s'accumulent.

Je souhaite sa mort qu'elle refuse de libérer. Elle veut vivre. Elle le dit. Elle en a le droit et je dis à qui veut l'entendre que j'ai le droit de vouloir sa mort sans méchanceté, sans « voir le mal ». Du reste, c'est-à-dire de ce qu'il reste d'elle, trente-cinq kilos qui cavalent pour n'en devenir plus que trente-deux puis trente et un, comme s'ils s'éliminaient les uns les autres, il n'y a rien à dire. Nous sommes plusieurs à ne pas comprendre pourquoi elle veut vivre, pourquoi il lui importe tant de prolonger la durée de son délabrement. Elle nous tient en respect avec sa longévité et je nous vois, esclaves de son absurde survie. À nos dépens, son jour de plus. Soit.

Je ne ressens rien. Je ne suis pas triste, je dis : « J'ai hâte qu'elle meure. » Cette phrase possède un pouvoir extraordinaire sur les gens. Je vois les mines interloquées quand j'ose la prononcer. Ils répondent que j'exagère tout en se disant à eux-mêmes que je me donne des airs, que je fais ma bravache pour supporter la peine. Je n'ai pas de peine. J'ai de la peine en revanche qu'on ne me croie pas. Certains me prédisent même un cancer tout pareil à celui de Sylvette si je n'arrive pas à être triste de sa mort. Je dis : « Je serai peut-être triste quand la mort de Sylvette sera advenue, mais en attendant… »

Un jour, on me demande : « Mais, est-ce que tu l'aimes ? » La question est la bonne, je le sens. Je mets un temps infini à répondre : « Quand j'étais enfant, j'étais obligée. » Une voix dont j'ai déjà perdu le visage me répond : « Oui, c'est vrai ce que tu dis, l'enfant est obligé d'aimer sa mère, c'est une question de survie. »

Je m'aperçois que le désamour que je porte à Sylvette a été ma victoire. Il m'a fallu tellement de temps pour ne plus l'aimer que je ne suis pas prête à lâcher si vite le fruit de mes efforts, même s'il le faudrait, les circonstances et le monde me le crient à longueur de temps. Je n'ai pas arrêté d'aimer

Sylvette par simple méchanceté gratuite, encore moins par vengeance. J'ai arrêté d'aimer Sylvette pour fuir ses morts. J'ai arrêté d'aimer Sylvette par jalousie, quand j'ai compris qu'on ne serait jamais seules elle et moi et que mon amour pour elle était immédiatement redistribué à toute une cohorte de fantômes qui ne la quittait jamais et qu'elle n'avait pas décidé de quitter non plus. Ce sont eux que j'ai fuis et retrouver le chemin de mon amour pour elle revient à les retrouver eux. Je ne peux pas faire ça. Comment faire ça ?

Je n'étais pas née quand les fantômes de Sylvette étaient jeunes et vivants. Je connais ce temps-là par les sempiternelles photos et par les récits qu'elle m'en a faits. Il y a un trou en moi : ce sont eux. Ce vide-là me mène souvent au bord de la mort, tout ce que j'arrive à vivre est ce que le trou n'a pas avalé. C'est peu.

Il faudrait mettre une histoire dessus comme on condamne un puits ou alors jeter l'histoire dedans pour sonder la profondeur du trou. Je pourrais aussi effondrer les parois pour combler le gouffre. Ou les consolider. Oui, consolider les murs qui cernent le vide est plus sûr. Comment fait-on cela ? Il faudrait transformer les fantômes en personnages avant que Sylvette meure et raconter la naissance du gouffre à l'époque où je n'étais pas, en adoptant la posture des historiens qui font de leurs sources des récits. Faire machine arrière pour retrouver l'amour. Où commencer ?

Sylvette est née le 10 juillet 1945.

Elle est dans le ventre de sa mère à la Libération de la France. Dans son corps de fœtus se trouve déjà par millions l'ensemble de ses ovocytes. Avant même sa naissance, le stock est là, complet. Parmi ces cellules, il y a la moitié de moi. Voilà mon point de départ. J'étais là, en 1945, dans le corps d'un fœtus, incomplète encore, noyée parmi des millions de semblables qui n'auront pas de destin humain mais un horizon de déchet. J'étais à la Libération de la France en moitié immature. En moitié immature, j'assiste à la fin de la Seconde Guerre mondiale.

Je comprends quelque chose de cette vérité vertigineuse. Si ma mémoire ne sait rien de l'enfance de Sylvette, une partie de mon corps sait. Elle sait parce qu'elle y était. Je ne dois plus avoir peur de mentir, je vais dire une histoire fausse et tout ce que je sais d'elle, c'est que j'y étais.

1.

Simone danse au milieu du bal, elle en est la force comme tous ceux qui l'entourent. Elle est le saut du bal. Elle répond par de grands sourires aux autres danseurs qui se cognent à son épaule alors ils se heurtent à sa cuisse et surtout à son ventre rempli d'un bébé à naître. L'un des danseurs présente des excuses, Simone sourit de plus belle, elle pardonne le geste de joie désordonnée du jeune homme. Je pense qu'elle voudrait bien que son ventre ne soit pas là, enfin, pas aujourd'hui, juste le temps de fêter ce qui arrive, de danser sans ce poids qui lui fabrique une autre allure, un sol plus dur. Un monde s'ouvre dont elle aura peur dans quelques jours. Le monde qui est en train de naître dans ce bal sera mon monde, j'en verrai la fin.

La moitié de moi est là aussi, au beau milieu du bal, en mai 1945, cachée au milieu de la masse des danseurs qui se soulève de terre d'un bloc et retombe pour fouler le plancher de dizaines de pieds joyeux. Moitié ne sachant pas qu'elle est moitié, je prends la dernière vague d'ondes du mouvement. Je suis un projet que personne n'a encore fait dans un des ovaires de Sylvette qui se trouve dans le ventre de Simone de vingt-deux ans. Nous sommes gigognes.

Après le bal, sur le trajet du retour, Simone essayera de faire tenir ensemble les souvenirs d'avant la guerre et la vie d'après. Elle jouera au jeu des différences. Entre 1939 et 1945, Simone a perdu un homme et en a gagné un autre. Elle, elle n'a pas bougé, ce sont les hommes qui se sont mis en mouvement autour d'elle. Ils se sont intervertis. Le père de Simone meurt très vite au début de la guerre, une fièvre délirante l'emporte sous les yeux de sa fille unique. Il cède la place à un fiancé rencontré tout aussitôt. Comme tout est incertain dans ces années d'Occupation, Simone se marie. Elle est comme absente à une quelconque décision. Elle est devenue orpheline puis épouse dans un même mouvement. Elle n'est pas le sujet. Elle varie en fonction des hommes. Je me demande si elle s'est un jour formulé les choses de cette façon. Le reste n'est que sous-conséquences, comme par exemple sa grossesse et ce ventre pour lequel il n'existe pas de vestiaire. Elle aurait tant aimé le déposer comme un manteau pour danser tranquille dans le bal.

Le mari de Simone ne danse pas avec elle. Il est assis à boire un coup avec des copains face à la piste. Armand est le nom de cet homme. Simone ne sait pas qu'il la surveille, personne ne s'en aperçoit. Il anticipe tous les gestes des hommes qui dansent non loin de sa femme. Sentinelle de sa propre jalousie, il voit tout. Dans le ventre de Simone, le fœtus qu'elle porte entend la musique du bal à travers le liquide amniotique. Simone ne sait pas qu'elle attend une fille, d'ailleurs les voisines lui prédisent un garçon quand Armand est dans les parages car il ne veut pas d'une fille. Il l'a dit et le répète, comme si, à force de rabâchage, il allait pouvoir faire peur au fœtus, tellement peur qu'il choisirait de changer de sexe en cours de route si jamais il était une fille. Ou alors de mourir. De toute façon Armand ne veut pas d'enfant du tout, il n'est pas disposé à partager Simone.

Je sens bien que j'aimerais laisser Armand de côté. Je voudrais me concentrer sur Simone et décrire le moindre de ses gestes, inventer le son de son rire, inventer les chaussures à ses pieds. Je voudrais éviter Armand tout de suite, dès le début de cette histoire que j'invente. L'effacer avant même de lui avoir donné la chance d'exister. Je sais que c'est impossible alors je le place face au bal et je lui fais vider un huitième verre en scrutant sa jolie femme. Il l'a autorisée à aller danser pour mieux le lui reprocher dans quelques heures. Je me le figure à distance, constamment éloigné par un champ magnétique invisible qui le placerait à l'orée de toute agitation. Il n'est pas à la fête, il est à la possession de son épouse. Il méprise ceux qui dansent, il méprise aussi ceux qui ne dansent pas, on se doute qu'il n'ira pas danser du tout. Comme c'est la fin d'une guerre, j'aimerais dire qu'il en a bavé, qu'il a vu des copains mourir, qu'il a perdu un bout irremplaçable de sa vie pendant sa mobilisation et que c'est à cela qu'il pense en buvant, mais c'est faux. Il se lève péniblement pour trouver un mur où pisser, il a mal, c'est manifeste, alors j'ajuste l'image et je resserre le cadre sur ses jambes tordues qui lui dessinent une démarche étrange. Il ne boite pas vraiment, pour cela il faudrait qu'une de ses jambes soit saine et serve d'appui à l'autre. Rien ne porte secours à sa désorganisation car les deux jambes sont anormales, rentrées et dérangeantes, on les devine sous le velours du pantalon. L'élan pour les porter vers le mur où il se soulagera bientôt vient du buste. Le haut traîne le bas.

Une fois que j'ai fabriqué le corps tordu d'Armand selon ce qu'on m'a souvent raconté, je colle au-dessus le visage en noir et blanc vu sur quelques photos. Je me dis que c'est vraiment dommage, ces jambes débiles, car c'est un jeune homme plutôt beau, son nez prononcé travaille des yeux mobiles. Je les imagine autour de lui, détourner le regard, les jambes d'Armand comme une tache dans la joie de la Libération. Il faut se forcer à les regarder, même si on n'y connaît rien en guerre mondiale, on peut penser quelque chose de ces jambes, on le doit. On a envie de comprendre qu'il ne fête pas la fin de tout ce merdier. On n'ose pas se dire que l'infirmité de ses jambes nous gâche le plaisir de son beau visage. On nous a appris à aimer d'emblée les souffrants, les jeunesses sacrifiées, les faibles. Ce sont nos outils de bonnes personnes. Alors on compatit avec le handicapé mais on regarde quand même de plus près, pour voir comment c'est fait, un infirme. Puisqu'il est sous nos yeux, autant en profiter.

En pissant, Armand est bousculé par deux jeunes hommes de son âge sûrement, à peine vingt-trois ans. Le jet d'urine dévie et trace une ligne sur le mur, les jambes et le bassin trop faibles ne lui permettent pas d'éviter de tomber. Les deux gars aux quatre jolies jambes valides ont déjà rejoint le rang des danseurs, ils sont peut-être déjà en train de bousculer Simone. Armand est résolu à vivre tout ce qu'imposent ses jambes tordues, il ne lutte pas, il ne fait pas semblant d'être normal. Tombé sur son cul sur le trottoir, il termine ce qu'il a commencé, il laisse sa vessie se détendre et se pisse dessus sans honte et sans joie. Les copains du café derrière son dos rappliquent pour le remettre debout. Armand aime observer la compassion des autres. « C'est pas du boulot ça ! Laisse-les donc courir... » Il se reboutonne sans se presser, il prend bien soin d'appuyer ses doigts sur le tissu trempé pour opérer une résurgence de l'urine et s'en mettre plein les mains puis il s'accroche aux manches de chemises blanches des deux copains qui le relèvent, on voit le jaune de l'urine marquer les bras camarades. Les deux le savent mais n'osent rien lui dire, pas la peine d'en rajouter dans le rayon de l'humiliation d'Armand qui accomplit sa vengeance où il se trouve, sur n'importe lequel est sur sa route, même les copains. Il n'est pas encore à l'endroit de sa vie où il fera exprès de se pisser dessus pour mettre mal à l'aise ses amis, pour jouir de leur malaise. Mais l'idée vient de naître alors qu'il se laisse escorter jusqu'à sa chaise et qu'on remplit son verre en parlant plus fort que la gêne.

Armand n'a pas connu les combats. Ses jambes étaient comme ça dès l'enfance, la polio lui a retiré la guerre. Bientôt, quand on sera sûr que tout ça sera terminé pour de bon, il ne se privera pas de raconter aux inconnus comment un bombardement l'a estropié.

Au milieu du bal, Simone est percutée de toutes parts. Si elle avait attendu un peu, elle aurait pu se trouver un homme entier, rien que sur la piste, elle aurait eu l'embarras du choix. Elle avait préféré un infirme, un qui n'irait jamais à la guerre car elle avait trop souffert d'avoir vu son père tomber dans la folie après celle de 14. Les cauchemars nocturnes, la fièvre, elle avait vu comment la guerre vous hante un homme pour de bon. Alors elle avait accepté celui qui se présentait et qui ne serait jamais mobilisé, un homme qui ne deviendrait pas fou à cause des souvenirs. Les jambes d'Armand, ça ne la dérangeait pas tant que ça, ce qu'elle aimait, c'est qu'il était là. Pour danser c'était un problème mais quand elle l'avait rencontré, en 1941, personne ne songeait à danser. On chante parfois dans les maisons et pour chanter pas besoin de jambes, pas vrai? C'est seulement maintenant, au milieu des vagues de jeunes personnes qui gonflent le bal jusqu'à l'obésité qu'elle réalise. Dans sa tête floue, c'est la seule chose que la fin de la guerre lui apporte comme une vérité incontestable : elle ne dansera jamais avec Armand. Ni aujourd'hui ni plus tard. Elle n'arrive pas à tenir l'équilibre sous le poids de cette révélation douloureuse.

Je n'avais jamais pensé que Simone puisse danser. Simone a toujours été pour moi un tas obèse qui n'éteint pas la télévision quand on vient la visiter, qui vit dans un délabrement qu'enfant j'attribuais à une intelligence limitée, ce qui était confirmé par une voix geignarde qui confondait tous les mots qu'elle prononçait dans une soupe chantante qui n'intéressait personne. La vieille Simone sous mes yeux était une machine agaçante qu'on rêve d'éteindre, une hotte cassée qui aspire les pensées claires. Je sais maintenant qu'un morceau de moi était fiché dans son ventre pendant la toute dernière danse de sa vie, en 1945. J'ai assisté sans le savoir au renoncement de Simone à danser, j'ai vécu cette cérémonie de deuil. Depuis, j'ai embrassé ma lignée de femmes sans cavaliers en choisissant des hommes qui ne dansent pas. Aujourd'hui je mets Simone morte depuis longtemps, au milieu d'un bal où elle dansera seule pour toujours. Je continuerai moi aussi à danser, je suis connue pour cela, il paraît que je génère quelque chose d'un peu obscène que je ne peux tempérer. Quelque chose comme Armand se pisse dessus en plein jour et s'essuie sur ses amis en aimant cela.

2.

Un jour de janvier, soixante-douze ans après la Libération de la France, on annonce à Sylvette qu'elle est atteinte d'un cancer. Aussitôt, elle perd toute la connaissance qu'elle avait pu avoir des maladies, tout ce qu'elle en savait, tout ce qu'elle en avait jamais su. Rhinite, bronchite, gastro-entérite, insuffisance cardiaque, psoriasis, cancer, tout ça s'est mélangé dans un mot au fond du chaudron de sa tête mal rangée : « quelque chose », elle avait sûrement « quelque chose ».

– Tu es malade.

– Oh malade, je ne sais pas, mais je pense que j'ai « quelque chose ».

Sylvette sous mes yeux avait la beauté franche d'un Siddharta ignare tout juste sorti de son palais pour la première fois.

Une force surnaturelle.

Je l'ai regardée ne rien comprendre à tout ce qu'on lui disait, j'ai regardé sa face hébétée et sa lèvre inférieure remuer comme pour mimer les mots qu'elle ne dirait pas, comme le font ceux qui parlent la langue des signes, visages hideux et mains rapides. J'ai isolé les détails de son visage, zoomé sur les mimiques, les regards : pas un mouvement de la face que je ne connaissais déjà par cœur. J'ai pris le temps de passer en revue le catalogue d'expressions de son visage et comme un maquignon sur le point de conclure une vente, je me suis félicitée de connaître si bien ma marchandise. Occupée à se répéter qu'elle n'était pas malade, Sylvette ne m'a pas vue faire et moi, absorbée dans mon inventaire minutieux, je ne me suis pas aperçue tout de suite qu'il était là, à me regarder en retour, qu'il était revenu. Il me plantait ses yeux sur toute la surface de la peau, semblable au souvenir que j'en avais. Il était là. Je n'en voulais pas. Je n'en veux pas et c'est trop tard.

J'avais passé mon enfance à ses côtés, tous les jours près de lui et dès que l'âge me l'avait permis, j'avais tenté de fuir au plus loin. Il n'était pas mon frère de lait ni mon ami, il était mon dieu et mon maître éternel, celui qui m'avait enseigné l'adoration et avait fait de moi l'amoureuse désuète et esclave que je suis restée.

L'enfant-Sylvette.

Pas un enfant né d'elle, non puisque je suis celui-là, mais l'enfant qu'elle était. La petite Sylvette. Je la retrouvais après des années et avec elle revenait une vérité que je gardais jalousement au fond de moi à l'époque de mon enfance : si ma mère avait l'apparence d'un adulte, elle était en réalité une petite fille. C'est l'enfant-Sylvette qui dirigeait le corps et les pensées de l'adulte-Sylvette et que personne d'autre que moi n'arrivait à voir. Je me suis souvent dit que si je pouvais voir l'enfant-Sylvette, c'est parce que j'étais moi-même un enfant au début de ma vie et qu'entre pairs on se reconnaît fatalement. Au parc ou à la sortie de l'école, je l'entraînais loin de mes camarades car j'étais persuadée qu'ils pouvaient la voir aussi, cette petite fille merveilleuse déguisée en adulte. J'étais sûre qu'ils me la voleraient. Chaque jour, je mesurais ma chance d'avoir pour mère un hybride qui avait les mêmes désirs que moi en même temps. Je dis « il » en parlant de l'enfant-Sylvette et parfois je dis « elle », je me rends compte que c'est lui qui me le souffle, il agrandit son territoire par toutes les possibilités de désignation.

Quand mon père rentrait à la maison, l'enfant-Sylvette se taisait, rangeait les jeux et les désobéissances, retournait mettre la table sur la table. Elle devenait l'exemple que je devais suivre pour que tout aille au mieux. Quelqu'un qui parle en deuxième et ne fait pas trop de bruit car cela irrite les pères adultes qui travaillent seuls pour nourrir la famille. Heureusement qu'il partait souvent, le père qu'elle avait choisi de me donner. Quand j'avais trois ans, je savais au fond de moi que le jour était toujours proche où il allait nous laisser tranquilles entre enfants : moi l'enfant officiel et Sylvette l'enfant clandestine qui attendait qu'il parte pour sortir de sa cachette. La joie me revenait dès que Sylvette posait la valise sur le grand lit et la remplissait en comptant sur ses doigts le nombre de vêtements correspondant aux jours d'absence de son mari et de mon père adulte. La vie qui passe en jours se compte en vêtements pour moi. Il fallait être bien concentrée car s'il manquait quelque chose dans la valise, cette chose serait la première dont on entendrait parler au retour de l'homme en colère, il ne fallait rien oublier pour diminuer sa colère qui viendrait de toute façon mais peut-être un peu moins forte avec une valise complète. À trois ans, je pensais que les hommes étaient en colère par nature, comme on a deux bras et deux jambes, ils avaient, en plus de leurs sexes tellement visibles, une autre différence avec nous les filles, un organe de colère caché quelque part, notre devoir à nous qui n'avions ni sexe visible ni organe invisible de rage était d'abaisser leur colère en soignant l'ordonnance de la vie de chaque jour. Je n'avais pas tout à fait tort. Sylvette me le confirmait et quand nous étions enfin seules et que la valise et l'homme accroché à la valise étaient enfin partis, elle me racontait son enfance.

Je me trompe.

Elle ne me racontait pas son enfance, elle décrivait au présent des gens, des meubles et des événements avec lesquels elle semblait négocier ses heures, son temps de vie imparti. Un gros tas de fantômes que je ne pouvais pas voir d'où je me trouvais. Elle me rapportait ce qu'ils étaient en train de faire sous ses yeux et se fatiguait à vivre deux vies en même temps, superposées. Je prenais ma leçon en continu : « Les mères ne peuvent pas grand-chose contre les pères qui sont méchants. » Je me disais que Sylvette avait raison et qu'elle ne pouvait rien contre mon père qui dictait l'heure des repas, leur composition (pas de sauce tomate, pas de béchamel), le volume sonore humain acceptable, le journal de treize heures à table, non, les mères ça ne peut rien contre ça mais je me disais « les petites filles, ça peut », et moi j'ai encore un peu le temps avant d'être une mère, je vais combattre pour sauver Sylvette de mon père, car le seul père que je connaissais était le mien et ce n'était pas très clair pour moi qu'il n'était pas aussi le père de Sylvette et que ce n'était pas lui le « mon père » dans la phrase « mon père était méchant », car nous baissions le nez toutes les deux quand il ramenait la valise pleine de vêtements sales. L'escale était toujours trop longue.

Aujourd'hui l'enfant-Sylvette était revenu, à la faveur d'un cancer. Les parois de mon trou noir de vie ont tremblé quand j'ai revu ce visage qui m'avait élevée. Sylvette de cinq ans, perchée sur un corps pas encore rongé par les métastases pourtant déjà largement installées, Sylvette-enfant là, occupant le visage au-dessus du corps de Sylvette de soixante-douze ans, l'enfant là, retrouvant immédiatement son lien avec moi et me demandant : « Tu crois que c'est vraiment un cancer, ça veut dire quoi cancer, mon papa il a eu un cancer aussi tu sais… »

J'ai vu les yeux immenses ponctués de sourcils mobiles accompagner les phrases de terreur : « Ah oui, ils ont vu quelque chose sur les images, mais, de toute façon, je ne vais pas mourir. »

« De toute façon je vais le dire à ma mère, de toute façon je m'en fiche, de toute façon j'ai cinq ans », voilà ce que moi j'ai entendu.

3.

C'est maintenant le début de l'été 1945. Ça saute toujours mais ce n'est plus un bal, ça saute au-dedans. Ce ne sont plus des gestes involontaires qui percutent le ventre de Simone mais des mains de femmes qui palpent et qui évaluent sa peau de tambour. Ce sont les voisines venues en clan, elles pensent toutes savoir comment tâter un ventre parce qu'elles ont eu plusieurs fois le ventre tâté elles aussi. J'imagine mes voisines de palier, d'étage ou de vis-à-vis dans ma grande ville venir toutes ensemble pour me tâter le ventre alors que j'accouche. Ces femmes à qui je dis à peine bonjour, l'image est folle, son incongruité pornographique. Pour Simone ce matin-là, c'est l'image même du réconfort, elle croit que les voisines savent ce qu'elles font. On décrète en riant que le beau garçon est en route. Le fœtus va bientôt devenir un bébé maintenant que l'eau est évacuée dans un seau au pied du lit.

Je raconte la naissance de Sylvette pour la première fois et c'est pour moi comme le monde à l'envers. Avant ce jour, il n'y avait dans ma vie qu'un seul récit de naissance et il était invariable. C'était ma naissance et c'est Sylvette qui racontait. Combien de fois le lui ai-je demandé ? Des centaines. Je le pense vraiment. Des centaines, ça veut dire que ça peut être trois ou quatre cents fois et je m'attarde sur toutes les unités des nombres trois ou quatre cents, parce que dit rapidement dans une phrase, on ne se rend pas compte du temps que ça peut représenter, trois ou quatre cents demandes récompensées par trois ou quatre cents récits. Toujours identiques, au mot près. La jouissance de la répétition est une chose folle et dangereuse, c'est une obsession de vérification. Il faut se tenir attentif à chaque occurrence, les yeux bien ouverts pour être certain de ne pas manquer la variation si elle avait lieu, d'ailleurs on n'ose l'imaginer. Les adultes tranquilles s'amusent ou s'agacent du désir fou des enfants pour la répétition, le même film revu jusqu'à l'écœurement qui n'arrive jamais, le même livre écouté, l'enfant qui demande les mêmes mots (et si certains ont été ajoutés, les mêmes ajouts), les mêmes intonations. La similitude répétée à l'infini fait jouir les enfants.

Toute répétition compulsive est une question posée sans mots. C'est le signe d'un besoin de réponse à une question qu'on ne sait pas poser. Que se passerait-il si un beau jour la question obtenait enfin une réponse ? Il faudrait sortir de soi. Dès que je le lui demande, Sylvette me rejoint dans la jouissance de la répétition. J'ai trois ans, j'ai quatre ans, j'ai cinq ans mais le récit, lui, ne change pas. Que calme-t-elle à mes côtés ? Quel plaisir prend-elle à mettre en mots le jour de notre rencontre ? Et quelle question je pose, au fond, moi, sans que jamais Sylvette ne se dise qu'un enfant qui demande à l'envi le même récit est un enfant qui peut tomber malade, qui va tomber dans un trou s'il ne parvient pas à s'intéresser à autre chose qu'à sa naissance ?

Sylvette me transmet l'amour de la litanie. Longtemps, chaque chose répétée sans variations fait office de vérité à mes yeux. Je retire à jamais ma confiance à quelqu'un qui change de version, j'aurais pu être flic, j'en ai honte. J'aime la précision et les choses figées, j'aime la finitude des choses mortes, le vocabulaire exact, la rectitude. Je trouve toujours intéressant d'apprendre une chose par cœur, j'ai horreur de la pédagogie souple. Par exemple, je sais par cœur que ma naissance a été annoncée par une perte d'appétit de Sylvette. Le récit a toujours commencé comme ça : « D'abord, le matin, je n'avais pas faim et ton père m'a dit, je t'emmène chez ta sœur. » Et puis bien sûr, la date fatidique. « Tu pouvais naître n'importe quand mais pas le 26, pas le 26, c'était la seule date où ton père ne pouvait pas être là. Pourtant, au fond de moi, je savais que tu voulais naître ce jour-là. » Et puis mon père qui court de la gare à l'hôpital, qui arrive à la maternité près du champ de courses, élégant ourlet de la Seine, la cravate défaite et la sueur au front. Sylvette n'est pas déçue, elle dit qu'elle a réussi à tenir, comme si elle m'avait empêchée de naître trop tôt par sa simple volonté si puissante. Aujourd'hui qu'elle refuse de mourir et qu'elle y parvient, j'y crois.

Même si le récit d'une autre naissance que la mienne est un peu sale à mes yeux, je dois rester près de Simone, je dois repousser l'assaut de ma légende personnelle pour aller à l'inconnu et inventer. Je retourne dans la chambre de Simone et je la regarde comme si j'étais une des voisines. La voilà obèse d'un bébé et non de graisse et de silence comme je la connaîtrai et n'arriverai jamais à l'aimer. Elle nous ressemble à toutes, la douleur lui fait regretter de s'être laissé embobiner puis épouser. Ce mal pour lequel il n'existera jamais le bon mot la tue, le répit entre deux vagues ne sert qu'à redouter le retour de la douleur et à l'agrandir. Simone pense que ça se terminera par un enfant, mort ou vivant, elle s'en fiche, mais surtout, surtout, elle jure qu'on ne l'y reprendra pas.

De son côté, Armand se fout bien de la date à laquelle l'enfant doit naître puisqu'il n'en veut pas. Il a déguerpi tôt le matin, dès les premières plaintes douloureuses de Simone. Il ne veut rien savoir du bazar de mégères qui va envahir sa maison et venir lui voler le peu qui reste de sa femme. Il refuse de voir son lit conjugal muté en lit d'hôpital. Pendant presque toutes les années de son enfance, la polio l'avait enfermé dans des hospices pour pauvres, ses jambes infirmes au repos, sanglées de cuir et parfois de cordes pour leur donner une direction moins mauvaise. Il avait connu pour de vrai les bonnes sœurs qui rudoient l'enfant qui souffre parce qu'elles n'ont pas le droit de porter et de faire naître un enfant mais que c'est dans leur mission de s'occuper de ceux des autres. Armand avait été cet enfant-là qui se regarde grandir par la lente déformation de ses jambes. Tous les lits du monde ont pour lui l'obligation de n'être pas un lit d'hôpital, c'est sa condition pour s'y mettre, pour y dormir, pour y culbuter Simone. C'est dans le lit d'hôpital qu'Armand est devenu ami de l'urine, il connaît tous les points de progression de son odeur à l'air libre dans le bassin qu'on vide toujours trop tard, surtout quand l'été la fait croupir en quelques minutes à peine. Il pense à cela en souriant à une fille dans le train du soir qui le ramène à sa banlieue comme un élastique revient à son point d'attache quand on le lâche d'un coup.

Il croise tout le quartier qui l'informe, l'enfant n'est pas encore arrivé, ils n'ont que ça à la bouche, que c'est long un premier. Il bifurque au café. On lui paye des verres à la santé du petit gars d'été qui va le bricoler père. On boit à Jean, petit Jeannot aux jambes fortes. Armand boit en silence à cet ennemi qui n'en finit pas de naître. Une des voisines arrive, on va enfin savoir. L'enfant est né, l'enfant est là. Les verres cognent de plus belle au petit Jean, la voisine hésite à interrompre le toast des hommes, elle souffle debout au-dessus des têtes une phrase dont elle espère que personne ne l'entendra même s'il faudra bien. « C'est une jolie petite fille. » Tout le bistrot frissonne sous la phrase, Armand fait comme s'il n'avait rien entendu. Il continue de rire pour obliger la voisine à répéter l'annonce, il continue de rire en observant les autres s'attendre à sa colère. Quelqu'un tente de rompre le malaise. « Remets-toi donc vite à l'ouvrage, la prochaine fois sera la bonne ! » Armand se lève pour rejoindre sa maison, personne ne le suit.

Au jour de nos naissances, Sylvette et moi avons contrarié nos pères.

J'ai tout aimé de nos ressemblances.

4.

J'ai hurlé dans ma tête si fort que j'ai failli casser les os pariétaux de mon crâne.

Je me suis fâchée contre l'enfant revenu, contre la naïveté de Sylvette, contre sa faiblesse, moi qui aime les vérités noires et qui ne sais vivre qu'à l'ombre de leur redoutable augure. J'ai eu envie de lui mettre la tête dans les chiffres, dans les papiers, de lui expliquer la définition des pluri-métastases à distance de la tumeur principale, de lui parler de stades III, IV, de pronostics sombres, j'ai eu envie de cette brutalité pour chasser l'enfant qui reprenait possession de son visage. Mais l'enfant était là, bien installé, il se montrait maintenant à tous et me poussait à redevenir la petite fille jalouse que j'étais, propriétaire de sa mère de cinq ans. Alors c'était ça notre amour infini ? Ça allait se terminer sur une vengeance ? Sylvette qui n'avait jamais supporté que je la quitte et que je la laisse à son passé avait décidé à la faveur d'un cancer de révéler à tout le monde ce que moi seule savais du temps de ma passion pour elle. Pauvre Sylvette chérie de mon cœur de trois ans que je voyais rire et courir dans le jardin avec moi quand nous étions tranquilles enfin. La nuit, je pleurais pendant des heures, mordue au cœur par un sentiment que je ne savais pas nommer, une forme de pitié, une forme de rage à l'idée que la beauté et la douceur sans fin de Sylvette seraient piétinées par la colère des pères. La nuit, je mélangeais tout, mon présent et le monde méchant de son enfance, mon père et les fantômes que je sentais rôder du côté des phrases qu'elle ne pouvait pas s'empêcher de dire, « la première claque, je l'ai reçue à deux mois », c'est Simone qui le racontait en riant paraît-il, « elle avait un grand nez », son nez de bébé moqué dès son entrée dans la vie mais aussi des ombres plus noires que je ne pouvais pas me représenter et qui venaient se tremper à mes larmes la nuit pour se donner des formes visibles, des mains qui frappent des petites filles, des objets cassés, oh pire, pire mais comment le comprendre, le pire entre deux phrases déjà terribles. Je m'en faisais tout un catalogue et j'avais des envies de meurtre. Le matin je mangeais Sylvette de baisers douloureux. Cet amour-là ne laissait pas de place au reste de la vie, en avait-il jamais laissé ?

Un jour, lors d'une visite, je fouille le dossier « d'imagerie médicale » dans le dos de Sylvette partie téléphoner. « Imagerie », le mot est merveilleusement choisi. On l'emploie aussi dans « imagerie médiévale ». « Imagerie médicale », tout un cirque de représentations. Je vois la parade bruyante des fantômes à qui elle appartient onduler en masse noire sur les radios, poumon, médiastin, foie, os… Ils sont en boules à l'intérieur de Sylvette qui va en mourir parce que quand j'avais trois ans puis quatre puis cinq, je n'avais pas réussi à faire des phrases pour les nommer puis les chasser. Mon échec en boules noires qui se multipliaient avait dit le médecin, « en galopant ». À ce moment-là, je pense que Sylvette va mourir dans l'année mais cela ne m'inquiète pas, ce que je veux savoir concerne l'enfant.

Quand, au juste, était-il vraiment revenu ?

5.

Simone regarde son bébé. Françoise. Elle chuchote « Françoise » et le bébé ouvre les yeux pour regarder sa mère et accepter son prénom qu'Armand et Simone avaient évoqué une fois, histoire d'évacuer la possibilité d'avoir une fille. Françoise est très calme, peut-être parce que la chaleur de l'été prolonge la température du ventre de Simone sur la peau de son visage. Puisqu'elle n'a pas le choix, Simone accepte Françoise au cœur de son épuisement. J'ai reçu cela d'elle, l'apaisement par la contrainte, le repos possible quand on est débarrassé de la responsabilité de son désir et que d'autres décident à notre place ce qui doit être ou n'être pas. Une disposition à l'obéissance.

« Le voilà » dit l'une des femmes encore présentes au chevet de la parturiente alors que c'est inutile de commenter, avec ces sacrées guiboles, on entend toujours Armand approcher.

Il regarde sa fille. L'élan qui pourrait l'attacher à cette première-née cherche la faille pour entrer au fond de lui mais reste à la surface de sa peau puis se dissipe dans l'air. Je pense que c'est à ce moment-là que ça se joue : il ne ressent rien. Fin d'une histoire qui n'a pas eu le temps de commencer. Là se décide la réminiscence infinie d'une phrase que j'entendrai à l'abri des murs d'une autre maison : « Mon père, il ne m'aimait pas. » Jouissance de la répétition, autre version. Une moitié de moi s'imprègne de ce désamour si précoce. Je suis enduite de désamour à vie depuis l'été 1945. Armand me donne là une raison de vivre assez longtemps pour venger ce bébé qu'il vient de rencontrer. Dois-je dire merci ?

« Ça a bien l'air d'être de moi ! » Françoise, on peut déjà le voir, possède le joli né proéminent de son père. « Mon père ne me trouvait pas jolie avec mon nez », je me souviens que cette phrase m'étonnait, cela me surprenait qu'on puisse attendre d'un père qu'il trouve sa fille jolie, moi non plus mon père ne me trouvait pas jolie, il ne me trouvait pas de visage, avec ou sans nez. Ce qui comptait était de réfléchir vite et loin, avoir une apparence aurait été l'aveu de ma bêtise.

Simone chantonne à l'oreille d'Armand :

– Tu n'es pas déçu ?

– On fait pas toujours comme on veut dans la vie.

Dès le lendemain tout le quartier défilera comme au zoo pour voir cette enfant et chaque visite enfoncera le clou de l'humiliation d'Armand de n'avoir pas eu le fils espéré. C'est à cela qu'il pense avant de quitter la chambre pour retourner finir la soirée au bistrot. Il dit : « Bonne nuit Simone, bonne nuit Françoise » pour que Simone sache qu'il n'a pas oublié le prénom choisi presque par hasard il y a des mois de cela. Simone est ravie qu'il se le rappelle, elle se dit qu'au fond il n'est pas si dur et la joie de se raconter des mensonges l'entraîne aussitôt dans une vie parfaite, le soleil se lève en pleine nuit dans sa tête. Reconnaissante, elle s'adresse au bébé : « On dit bonne nuit à Papa, Françoise ? » Cette phrase lui déforme la bouche de plaisir. Le seul papa qui existe pour Simone est le sien qu'elle regrette tellement. Disant cela à Françoise, elle en fait une petite sœur de misère, Simone et Françoise, les orphelines du papa mort au début de la guerre et cette absence insurmontable qui avait jeté Simone un peu trop vite dans les bras d'Armand. C'est trop triste de dire au revoir à Papa. Simone trouve là une occasion de redire ce mot qu'elle a toujours prononcé en roucoulant amoureusement. Elle plonge un peu plus profondément dans la joie d'avoir un bébé qui va l'autoriser à dire ce mot délicieux de « papa » des tonnes et des tonnes de fois dans les années à venir. Elle pourra le dire tous les jours si elle veut.

Des Simone comme ça il y en a tant, il suffit de regarder de près les mères, on peut vite faire deux colonnes pour les trier : celles qui savent que le papa de leur enfant est un homme et celles qui jouissent de dire « papa » comme à l'époque en dissimulant le mot dans une phrase adressée à un enfant dont elles pensent qu'il n'a pas compris le subterfuge. Mais chuuut… Françoise dort déjà, après c'est la nuit de l'été qui clignote de bruits.

6.

– Comment ça va ?

– Ça va. Ma mère va mourir.

Je me rends compte que pour les gens, dire ces deux phrases d'une traite, c'est comme dire « ça va *car* ma mère va mourir ». Je me rends compte également que je suis absolument capable de poser ces deux propositions côte à côte sans les joindre. La mort de Sylvette et mon état sont dans des sphères qui ne peuvent pas se rencontrer. Je ne me préoccupe pas des réactions de compassion qui sont plutôt des réactions d'assimilation égoïste, les plus sincères (et je les aime trois fois plus pour cela) le disent carrément : « Oh, moi je serais effondré à ta place, je ne peux pas envisager de perdre ma mère. » Et là, je sens le mauvais sang d'Armand envahir mon territoire physique, pour un peu je me mettrais à boiter. « Je n'envisage pas de la perdre, j'envisage qu'elle va mourir. Elle n'est pas perdue, pas du tout, ni sur le point de se perdre ni de se faire perdre, elle va mourir, comme toi, comme moi. » Ça y est, ça les pique. « Et c'est tout ce que ça te fait ? » « Oui. » Les plus candides partagent sans détour leur point de vue banal. « À mon avis, tu te blindes par peur de souffrir. » De vieilles danses macabres me piétinent la tête, la joie mauvaise est une excellente consolation au pauvre réconfort que beaucoup proposent pour circonscrire la gêne. « Le problème n'est pas qu'elle va mourir, le problème c'est qu'elle ne meurt pas. » Fin de la discussion.

D'autres fois, je suis dans un bon jour.

– Ça va ?

– Moi ça va *mais* ma mère va mourir.

– Oh, je suis désolé pour toi. Comment tu te sens ?

– Ça va.

Petit sourire triste qui dément la phrase et le tour est joué. Alors je peux me calmer parce que je sais que je réagis comme il le faut, et je peux profiter de la liberté d'aimer Sylvette normalement, même si bien entendu c'est un jeu, c'est pour de faux. J'ai alors tout le loisir d'écouter les leçons de vie que les gens me dispensent, corsetée dans mon habit de fille normale. Ils me parlent. Je veux les croire tous sans distinction, sans hiérarchie de valeur ou de confiance.

Tous : amis, psy, vieux, magazines, livres, voisins. Je veux les croire. Ils en ont des choses à dire, des cours d'agonie à dispenser et je me fais élève. Ils me disent que la mort qui approche règle les problèmes, qu'à la fin, quand les derniers instants viennent faire un tour pour terminer les histoires entre les mères et les filles (mais, précisent-ils, ça marche aussi pour les mères et les fils et même pour ce noir territoire des pères et des fils), c'est l'amour qui prime et qu'on oublie les querelles et même qu'on les regrette, qu'on se rend compte qu'on est peu de chose et qu'il ne faut pas dépenser le court temps imparti sur cette terre en disputes et en ruptures. C'est tellement simple et joli que moi aussi je veux jouer à ce jeu-là de l'amour rédempteur. J'en veux, j'y crois, pour un peu j'irais me faire baptiser dans la minute.

Et puis je me retrouve seule. J'essaye de me rappeler l'enchaînement des actions pour savoir par où l'enfant-Sylvette est revenu, par quelle faille ouverte il a pu se glisser pour refaire surface. Je dresse une chronologie. En premier, a eu lieu l'annonce de la maladie, par téléphone, un jour d'hiver. Pour faire comme si je me comportais normalement, je me suis jetée dans un train pour rejoindre ma banlieue chérie et qui manque tant à chacun de mes jours. Je me suis dit, tous le disent et pour une fois j'allais y croire, que j'allais arrêter de me baigner dans l'orgueil de l'exception, que j'allais moi aussi tremper ma face dans les larmes de la perte de ma maman et venir lui dire à quel point je l'aime, peut-être pas avec la passion que j'éprouvais pour elle quand j'avais trois ans, non, mais d'un amour plus profond, comme ils disent que la passion est pour les idiots immatures mais que l'amour sincère est pour les gens respectables et vieillis, et j'ai tant vieilli depuis tout ce temps. Je rejoins la maison de mon enfance pour escorter Sylvette à l'hôpital où mon père et moi espérons secrètement faire connaissance avec le délai de sa mort. Des semaines ou des mois ? Plutôt des semaines, pensons-nous à cette époque tant les taches noires sont nombreuses et éloignées les unes des autres sur les images dans la grande enveloppe. Je mange les kilomètres, le cœur battant de l'amoureuse m'accompagne sous les os du thorax, je vais à la rencontre d'un amour tout neuf que je rêve de porter à Sylvette, profond et débarrassé de sa passion vaine qui faisait les heures de mes jours quand j'étais petite fille. Je pleure déjà de me dire que la mort de Sylvette si proche à en croire les images va me priver du temps de cet amour qui va apparaître miraculeusement au-dessus de nos têtes et que la mort amène avec elle. Elle est gentille la mort.

Le soir dans ma chambre d'enfant, la veille du fameux rendez-vous « dans un des meilleurs hôpitaux d'Europe », je ne trouve pas cet amour. J'ouvre mes anciens placards, je m'attends à lui derrière une porte. Je me dis, c'est parce que le diagnostic n'est pas encore tombé avec précision, attendons le compte rendu du médecin. Ma compassion à la souffrance de Sylvette se tient prête à faire son apparition. Le lendemain, nous voilà tous les trois à l'hôpital. On retire à Sylvette un bout d'organe au moyen d'un crochet inséré dans son nez et descendant dans la trachée jusqu'aux bronchioles, hameçon à tumeur et *schlak*, ferré le poisson noir du cancer. On le remonte sans anesthésie par les bronches, la trachée retour et on lui ressort sa propre maladie par le nez. Dans le couloir, quand elle me fait le récit de cette opération barbare, j'attends mes larmes qui étaient si nombreuses quand, à trois ans, j'étais passionnée de Sylvette, mon amour éternel. J'assiste de loin à tout ça, la viande avariée par le nez et sa douleur. J'attends que mon cœur tombe en morceaux pour Sylvette. Mais rien n'arrive. Je suis vraiment la dernière des garces avec ma froideur impossible à contourner. Et ensuite ? Qu'ai-je fait ? J'ai fait les cent pas dans le couloir de l'hôpital pour essayer d'être triste. Je me rappelle chaque détail du lino sale et abîmé, foulé de sabots en plastique. Entre ce couloir blanc et le trajet du retour en voiture, où j'ai repris ma place à l'arrière spontanément, je ne sais plus. Comme c'est l'hiver, il fait nuit quand nous sommes de retour dans leur maison. C'est en passant la porte de la grille que sa voix me parvient, c'est à ce moment-là qu'il a dû revenir, car j'entends Sylvette marmonner : « J'ai peut-être quelque chose mais au fond, je sais que je ne suis pas malade. »

Aujourd'hui, j'ai l'impression que c'est ma faute, que c'est moi qui l'ai appelé pour le rendre à Sylvette, pour retrouver quelque chose de nous deux. L'enfant-Sylvette revenu sur ma demande allait reprendre ses droits.

7.

Le soir, au café, Armand tient une table ouverte et reçoit les félicitations comme une veuve les condoléances à la grille d'un cimetière trop petit pour la foule. Ce sont les voisins qui passent qui lui donnent des nouvelles de sa femme et de sa fille. « Françoise est si tranquille, elle te ressemble tellement ! » Tout le monde sait bien qu'Armand n'est jamais tranquille mais il y a un soulagement à le voir boire depuis trois jours à sa descendance en riant, à parler de Françoise qu'il n'a vue qu'une minute. C'est joyeux une naissance d'été dans un quartier de banlieue en 1945. Heureusement que Simone a dansé en mai, parce qu'elle ne risque pas de pouvoir danser ce prochain 14 juillet, « c'est fini la rigolade » a dit Armand sous forme de blague. Tous ont ri. On mélange Françoise et le bal, la joie simple et la bière, certaines voisines se disent que c'était peut-être ça la solution au caractère instable d'Armand, un enfant de lui. Peut-être que s'il occupait ses bras avec des enfants, à eux tous, les enfants et ses bras seraient plus forts que les mauvaises jambes qui font tourner sa tête au vinaigre. Et puis quelqu'un lui dit : « Tu as pensé à aller déclarer Françoise à la mairie ? » Armand ira demain, promis, juré et il crache avec plaisir sans précision sur le trottoir sec, il a de la bave sur le menton, il regarde tout le monde fixer la bave, tout va bien.

Le lendemain la fête est finie, Armand rentre chez lui pour reprendre possession de sa femme et de son lit. Sur la route de la mairie à la maison, on l'alpague : « Bonjour à la petite Françoise ! Embrasse bien Simone ! » « Et la petite Françoise, elle prend bien ? »

C'est encore plein de bonnes femmes dans sa maison quand il arrive, elles aiment ça s'occuper d'une accouchée, ça leur permet d'énoncer des prophéties, des dictons inconnus puisqu'elles les inventent : « Bébé calme à la naissance c'est tornade plus tard », « Né à la nuit c'est bonne vie ! » « Vrai, il vaut toujours mieux une fille en premier, ça aide sa mère à tenir propre ! » Les phrases tournoient dans les oreilles d'Armand qui voudrait bien renverser sa maison et la secouer pour en faire sortir tout ce babillage pénible.

– Elle est jolie la petite Françoise, hein fier papa qu'elle est jolie ?

– Non, dit Armand.

Simone rentre immédiatement au bercail de la crainte, on peut le voir à son regard. Les voisines se figent. On se tait. Voilà que ça recommence, ça ne pouvait pas durer, il est dans un mauvais jour et on sait bien ce que ça veut dire. Elles hésitent à quitter la maison en vitesse, ça ne regarde personne les querelles d'amoureux, elles tentent de peser l'humeur d'Armand. Il n'a pourtant pas l'air fâché.

– Mais si elle est jolie Françoise, Armand !

– Non. J'ai changé.

Il tend à la femme la plus proche le récépissé de la déclaration fraîchement faite à la mairie. La voisine lit.

« Sylvette. »

Simone évite d'instinct les regards interloqués autour. Elle a vite appris à ne croiser les yeux de personne pour ne pas réfléchir, pour esquiver ce qu'on pourrait lui renvoyer et continuer à ne rien penser des situations qui dérangent.

– Oui, j'ai mis Sylvette. Comme ça à chacun sa surprise, hein, Simone ?

En une minute Françoise disparaît, absorbée pour toujours par un nouveau prénom.

8.

Cet enfant, je ne pensais pas le revoir. J'avais tout fait pour m'en éloigner. Je n'ai jamais réussi à baisser la garde, même pas une seule fois. Depuis que j'avais quitté Sylvette, chaque fois que je revenais à elle pour quelques jours, quelques heures, même au téléphone, je balisais tout mon discours de sorte que l'enfant-Sylvette de cinq ans se tienne bien loin et renonce s'il lui prenait l'idée de réapparaître. Mes meilleures armes contre lui étaient sans aucun doute le pessimisme forcené, l'esprit critique, le choix de conversations compliquées, les analyses politiques sévères, tout un arsenal pour envoyer à l'enfant le message qu'il n'avait plus sa place dans mes préoccupations. Je m'habillais d'une cuirasse en fer lisse pour qu'il ne puisse pas s'accrocher à moi avec ses câlineries, tout en sachant très bien que je succomberais s'il y parvenait. Quand j'étais au bord de retomber dans l'ancien temps, où l'enfant et moi étions les empereurs d'un monde infini, il me suffisait d'évoquer n'importe quelle chose sexuelle pour qu'il me laisse tranquille en me jetant des flammes de haine par les yeux de Sylvette. Je ne cherchais pas à comprendre pourquoi, j'avais juste constaté que le sexe était la meilleure arme pour le tenir en respect.

Pendant longtemps, je n'ai pas compris que Sylvette était une survivante. Que tout ça, les récits en boucle, l'enfant de cinq ans qui persistait à vivre en elle, sa joie folle à mon contact, était un dispositif de sauvegarde pour elle. Je ne savais pas non plus que les survivants sont des monstres : des monstres de force, de volonté, de résistance. La douleur chez eux est convertie en métal vivant, leurs émotions sont enrobées d'acier. La première fois que j'avais approché cette connaissance et envisagé ce que voulait dire « survivre », je la devais à un récit qu'on m'avait rapporté. Une femme de ma famille que je n'ai jamais rencontrée et qui était morte depuis longtemps avait survécu aux camps de concentration. On m'a raconté qu'elle disait avoir survécu car personne ne l'attendait à l'extérieur et qu'elle n'attendait personne. L'existence, les autres, rien à faire. Elle expliquait que celles qui s'inquiétaient pour un fils, un mari ou un frère étaient celles qui mouraient en premier. Il valait mieux n'aimer personne pour s'en sortir. J'ai toujours été très impressionnée par ce récit. Les survivants survivent à coup de sécheresse. Ils tannent, ils usent, ils trempent leur corps dans l'eau des sombres résistances. Je ne savais pas, il a fallu tant d'années, il a fallu avoir tant de mal à écrire ce livre pour comprendre que, dès 1945, la moitié de moi avait été baignée dans de la force de survivant, enrobée dans une armure raide qui ne céderait pas tout à fait, même à la fusion avec la cellule paternelle qui me ferait complète. Je suis dure, ils le disent. Et ils ont raison. Je ne m'émeus pas facilement des petites souffrances du quotidien, je passe au-dessus sans les voir. Les vexations parce que Maman, parce que Papa, je les méprise et je manque de cœur pour la paresse, la mollesse, tout ce qui n'est pas en métal ou en pierre. Je suis infectée par la survivance de Sylvette, c'était la condition pour que je naisse. C'est le bord du drame. L'orée d'un trou sur lequel se tient ce que je sais, et au fond du trou ce que je dois inventer. Il faudrait pouvoir raconter à quoi Sylvette a survécu. Si je le fais, je trahis son silence, je trahis même la raison pour laquelle je suis née.

En bonne fille de survivante, j'ai honte des choses douces, naïves, jolies, pleines d'espoir. Toute cette gamme de sentiments était la possession de Sylvette et pour concourir à sa survie, j'étais chargée de vivre la face sombre de l'existence à sa place. Le partage était simple, à elle le monde merveilleux et niais du Bon, à moi celui du Mal. À l'âge adulte, je racontais à Sylvette le monde vu par mes yeux pour l'effrayer et la tenir bien loin de moi. Je me suis aperçue avec les années que je ne réservais pas ma cargaison d'idées sombres qu'à Sylvette, mais à quiconque se roulait dans la nostalgie du temps béni de l'enfance, à quiconque pensait que les lendemains seraient meilleurs, qu'il suffisait d'avoir quelques bons amis pour affronter la noire solitude, que la montagne était belle en automne, que les actions solidaires permettaient un monde plus juste, que c'était bien quand on mangeait les madeleines de Mémé pendant les vacances à la mer. Sylvette n'était pas la seule à avoir laissé son enfant prendre possession de ses désirs et je savais trop ce qu'il en coûte de s'approcher d'un être dont l'apparence d'adulte n'est qu'un déguisement. Je mène une guerre contre l'armée de réserve immense des faux adultes qui s'émeuvent automatiquement des histoires d'amour mal ficelées. Tout ce flot inquiétant de gens qui s'accrochent aux vrais enfants pour retrouver le chemin de leurs cinq ans et qui font un tel mal qu'il n'existera jamais une prison assez grande pour les parquer dedans est à éviter.

Ma guerre est vaine, j'ai beau démontrer que l'âge adulte est souhaitable et magnifique, qu'il faut déguerpir de l'endroit d'enfance où se tient souvent une Sylvette en embuscade qui crie vengeance et possession, ils ne comprennent pas le danger et vivent leurs jours comme on visiterait une rétrospective, une vie de perspective à l'envers. Tant pis pour eux.

9.

Pourquoi l'enfant-Sylvette avait-il toujours cinq ans ? Depuis que je l'avais perdu de vue, il aurait pu grandir et se montrer avec quelques années de plus, je ne sais pas, à huit ou neuf ans. Mais non, comme la mort de Sylvette est coincée entre les mois et les années, Sylvette est coincée à cinq ans, je le sais depuis toujours mais je n'ai jamais su quoi faire de cette connaissance.

Les âges sont des lieux, pas des additions d'années, c'est donc sur ce territoire de cinq ans que je dois la rejoindre pour essayer d'y comprendre quelque chose. Je retourne à l'objet qui m'offrait le plus pur des cinq ans de Sylvette quand j'étais moi-même enfant : le tapis, endroit de nos rendez-vous quotidiens quand je n'allais pas encore à l'école.

Je m'assois donc sur le premier tapis que je trouve et ça y est, je les vois. C'est l'année 1950.

Sylvette apparaît près de moi, cinq ans évidemment. Simone chantonne. L'une est debout et l'autre au sol. Elles fonctionnent assez bien comme ça. La toute petite maison les contient parfaitement, elle les pèse de ses murs tranquilles. L'horloge sonne une heure pleine et Sylvette se met à l'arrêt pour écouter la scansion, elle ne peut pas compter les *ding-dong*, elle ne sait pas ce qu'est un nombre, ni même une quantité. La nuit s'amorce dans le son de la pendule. Simone par habitude lui donne le nombre d'heures sonnées, « six », sans faire de phrases autour. Elle pense peut-être qu'elle apprend à sa fille à compter comme ça, à force, ça finira bien par rentrer, pas la peine de se lancer dans des explications sur les horloges. Six heures pour Sylvette, ça veut dire qu'on a encore un peu le temps avant que Maman s'arrête de chantonner parce que Papa sera rentré.

– Françoise ! Françooiiiiiiiise ! Viens par ici !

Sylvette file dans le jardin. La voisine derrière le grillage lui tend un magazine « Tu le donnes à Maman, tu la remercies de ma part. » Simone arrive derrière l'enfant pour savoir ce que fabrique encore la teigne d'à côté.

– Je disais à Françoise…

– Elle s'appelle Sylvette.

– Oui, mais pour moi ce sera toujours Françoise, on n'a pas idée de changer le nom d'un enfant comme ça ! Et toi ma petite, tu préfères t'appeler comment ?

Sylvette-chérie à qui on a volé ton premier prénom, comment répondre à cette question ? Je pourrais t'inventer de nouveaux prénoms jolis. Si tu veux je te rebaptise Doucette un moment et ce n'est pas grave que j'invente, ce n'est pas grave que ce soit faux, je n'avais pas encore d'oreilles pour entendre, retenir et rapporter tout ce que toi tu entendais à ce moment-là sur le tapis ou dans le jardin. Je suis du pays de ta peine, alors je te débaptise et te renomme, pour calmer l'enfant de cinq ans qui est revenu et que je veux combattre. Doucette je te fais, laisse, laisse donc les taches se répandre sur tes organes, ne lutte plus, Doucette. Tu n'es pas encore morte mais avant que tu autorises la mort à te prendre et que tu acceptes que je te survive, viens, on va faire comme si quelqu'un de ton enfance t'avait aimée assez pour te nommer comme ça, Doucette. Je sais que ce n'est pas vrai, chut, tu le sais aussi. Doucette colle la revue dans les mains de sa mère et se carapate dans la maison pour être tranquille et penser à Papa qui n'est pas comme avant.

Armand s'est mis à s'intéresser à Sylvette depuis quelque temps, c'est arrivé du jour au lendemain alors que depuis sa naissance, il l'ignorait la plupart du temps, une claque par-ci, un coup de pied par-là, rien de plus. Brutalement, il s'est mis à la prendre sur ses genoux, à lui toucher les cheveux. Sylvette pense que son papa a rencontré un magicien quelque part, peut-être à son travail ou alors dans le train qui le ramène de son travail et que le magicien lui a donné une formule secrète. Il lui a sûrement dit : « Papa, il suffit que tu touches les cheveux de Sylvette et alors la magie arrivera, tu auras envie de la prendre dans tes bras et de l'embrasser tout le temps ! » Sylvette pense que Papa ne prend jamais Maman dans ses bras mais que ce n'est pas étonnant, vu qu'il ne lui touche pas les cheveux.

La formule magique a d'autres pouvoirs, par exemple Papa a fabriqué un tout petit cheval en bois avec une queue et une crinière en cuir pour Sylvette alors que ce n'était pas son anniversaire. Sylvette a pleuré en comprenant que c'était un cadeau rien que pour elle. Elle lui fait parcourir des chemins impossibles en longeant les dessins du grand tapis. Elle sait qu'elle fatigue le cheval à le promener comme ça mais tant que le cheval se balade au bout de sa main, Simone chantonne et tout est tranquille.

Sylvette parle dans sa tête au magicien que Papa a sûrement rencontré et puisqu'il lui a donné le pouvoir d'être tellement gentil du jour au lendemain, elle lui demande aussi quelque chose, quelque chose d'incroyable. Elle ne sait pas compter tous les numéros de la pendule mais elle sait que son vœu serait la somme de tout ce qu'elle aime le plus au monde. Il y a toujours un moment où tout ce qu'elle préfère est divisé, on ne peut pas tout avoir dans la vie, Maman le dit, Papa aussi. Sylvette ne demande pas au magicien une grande maison, cinq cents kilos de bonbons ni même un vélo. Elle lui demande un moment. Elle ferme les yeux et imagine à quoi pourrait ressembler le bonheur, elle ne se le dit pas comme ça mais au fond d'elle, je sais que c'est cela qu'elle fait. Elle cherche une image de la perfection et elle chuchote en comptant sur ses doigts : « Un, je voudrais être sur les genoux de Papa, avec ses doigts dans mes cheveux, et deux, j'aura aussi mon cheval dans ma main et trois, il y aura Maman qui chante et qui sourit une jolie chanson et tout ça en même temps. » Sylvette n'oublie pas de dire « s'il vous plaît monsieur », elle se rappelle que c'est comme cela qu'il faut dire quand on veut vraiment quelque chose, alors elle répète : « S'il vous plaît monsieur, tout ça en même temps, s'il vous plaît. »

Je sais que nous n'avons jamais eu l'idée de souhaiter cela, ni Sylvette ni moi, car nous avons toujours souhaité que les pères partent des maisons pour éloigner leur colère et leurs orages. Je voudrais trouver le bon récit, le bon tuteur pour nous redresser toutes deux et que nous devenions comme je pense que les normaux souhaitent et aiment. Les gens disent que les normaux ça n'existe pas et moi je leur dis : « Oh que si ça existe, c'est bien une phrase de normaux de penser que tout le monde est fou. »

– Mais Sylvette, à qui tu parles encore ?

Simone se fiche de la réponse de Sylvette. Elle est rentrée dans la maison, elle respire vite, c'est par la respiration que la petite fille sait qu'elle s'est encore disputée avec la voisine. Simone n'aime pas se disputer, elle ne sait pas non plus éviter les disputes. La voisine sait exactement choisir les mots qui l'énervent. Plus tard, Simone ira porter une part de gâteau, une pelote de laine ou quelque chose pour réparer la dispute. Simone ne se rend pas compte que la voisine est une maline, qu'elle fait exprès de l'énerver pour être payée de gâteaux et de magazines, que c'est tout un petit commerce de méchanceté qu'elle a trouvé à mettre en place depuis le jour de la naissance de Sylvette, quand elle tâtait avidement le ventre de Simone afin de créer une dette pour plus tard. Simone de vingt-sept ans est si naïve. Mais pourquoi donc la voisine la tourmente-t-elle chaque jour en appelant la petite Françoise plutôt que Sylvette ? Et pourquoi la gosse a le grand nez de son père ? Et pourquoi a-t-elle une si petite maison ? Les chemins de la pensée de Simone ne croisent jamais les chemins de la balade perpétuelle du petit cheval sur le tapis.

– Alors, tu réponds ou quoi ? À qui tu parles ?

Oui Sylvette, Simone a raison de te le demander même si au fond elle s'en fiche de le savoir, à qui tu parles quand je vois ta bouche mimer des phrases que je pense devoir deviner pour être ta bonne petite fille, ta digne de toi ? Moi je voudrais le savoir, vraiment le savoir et je te donne un magicien comme interlocuteur invisible pour avoir une réponse, pour ne plus emporter ma question dans toutes les pièces de notre maison et même dans le sommeil.

Mais Sylvette ne répond pas.

10.

Quand j'ai trois ans, quatre ans, cinq ans, j'ignore que je vis dans un endroit du monde qui n'existe pas pour les autres. Sylvette répète souvent : « Si on ne donne pas tout à un enfant, on n'a rien donné. » Je ne fais pas le lien quand elle dit cela, je ne me sens pas concernée par le mot « un enfant », car Sylvette prend dans ses bras n'importe quel enfant croisé, ceux qui pleurent dans la rue, elle lève les punitions données par des parents inconnus de nous, elle touche les bébés dans les poussettes, elle remet une tétine, un bonnet, sous les yeux des parents interloqués. Elle me dit : « Tous les enfants du monde sont les miens. » Je sens la haine et le feu de la jalousie me ravager l'estomac chaque fois qu'elle donne son amour infini à un autre que moi. Je crois qu'elle ne s'en aperçoit pas, tout occupée à réparer les enfants qu'elle considère tous comme des victimes des adultes très méchants. Je suis surprise aujourd'hui du peu de résistance qu'oppose le monde extérieur à cette folie de posséder tous les enfants à sa portée.

Jamais Sylvette ne me crie dessus, jamais elle ne me dit non, je veux dire un non en forme de non. Elle dit non en souriant, m'amenant par son sourire à ne plus vouloir moi-même ce que j'avais désiré initialement. Je crois que je finis par ne plus rien vouloir du tout si ce n'est Sylvette, le sourire de Sylvette, la plénitude de la voir heureuse grâce à moi, par moi. Nous allons dans le jardin, nous faisons des trous dans la terre, elle me dit qu'enfant, elle aussi creusait toute la journée la terre de son jardin parce qu'elle voulait voir les Chinois qui habitent de l'autre côté du monde. Elle ne me dit pas qu'on ne peut pas voir les Chinois en creusant, alors je creuse moi aussi pour lui faire plaisir et mener à bien son projet abandonné. Elle me raconte comment elle jouait dehors tout le temps à mon âge, je lui demande si elle jouait aussi dans sa maison, elle dit : « Dehors c'est mieux, tu sais, je suis née dans un jardin magnifique. » J'essaye de toutes mes forces de préférer dehors à dedans, de me convaincre que le jardin est mieux que le salon, je dis : « Oui, dehors c'est mieux. »

Je sais que Sylvette est née dans un temps reculé où on ne naissait pas comme moi, dans une maternité face à la Seine, mais chez soi, dans le lit des parents. Je vais dans le lit de Sylvette et mon père et je me concentre pour changer l'histoire et me faire naître dans leurs draps, pour les séparer un petit peu par cette cérémonie magique. Ensuite, je retourne dans le jardin pour imaginer l'énorme Simone mettre Sylvette au monde par terre, je veux dire sur la terre de leur jardin, puisque Sylvette me dit que c'est là qu'elle est née. Je trouve ça bizarre, mais c'était il y a si longtemps que c'est possible après tout. Sylvette est peut-être née comme Poucette, avec une fleur sur sa tête pour lui faire un bonnet.

Quand j'ai le temps d'en avoir l'idée au milieu des mille plaisirs qui font la matière de mes jours, j'ai le droit de choisir l'endroit où Sylvette et moi allons passer la nuit. Une fois c'est dans la cave et on fait l'aventure, une fois c'est dans le jardin à même le sol et je découvre à quel point les escargots sont bruyants la nuit quand ils dévorent les feuilles vertes. J'ai le droit de demander qu'elle finisse de me lire *Sans famille* alors qu'il reste sept chapitres et que j'ai école le lendemain. Je ne me souviens pas d'un droit que je n'aurais pas eu. Je ne me souviens pas d'une moindre contrainte imposée par Sylvette tant que je respecte le contrat d'être un enfant véritable. Le monde qu'elle m'offre est illimité et il est amour. Il n'y a pas besoin d'affrontement ou de punition pour que je me régule et ne souhaite que la mesure en toute chose. La douceur de Sylvette fait de moi une enfant grave, concentrée et affectueuse. Pas du tout capricieuse comme on pourrait le croire. Je vois d'ici les chantres de l'éducation positive, bienveillante et sans contrainte, féliciter Sylvette. J'aimerais qu'ils se taisent, je suis devenue sage car j'ai renoncé à chacun de mes désirs pour un désir supérieur, pour une passion sans fin, Sylvette ma passion. Je ne suis pas chrétienne et je n'aurai jamais besoin de l'être car je comprends exactement ce qu'est l'amour du Christ, je l'ai reçu tel qu'il est décrit et je m'y suis adonnée avec la ferveur des fous de Dieu. C'est l'amour de Sylvette. Exactement.

Un jour je rentre de l'école, horrifiée. Une fille m'a dit : « Je n'ai pas le droit de me salir, ma mère veut pas. » J'ai l'impression qu'elle m'a dit : « Moi, je n'ai pas le droit de respirer, ma mère veut pas. » Je demande à Sylvette si on ne peut pas adopter Natacha parce que sa mère est très méchante. Sylvette arrête immédiatement le geste qu'elle faisait, peut-être lire, peut-être cuisiner, peut-être mettre de la musique. Elle se met à ma hauteur. « Raconte-moi. » Tout ce que j'ai à dire est toujours écouté nuit et jour et par tous les temps. Ma parole est absolument prioritaire pour Sylvette, elle est importante, elle compte, elle mérite qu'elle arrête ce qu'elle est en train de faire pour la recueillir. Je ne suis pas stupide, je sais très bien que ça ne marche qu'avec Sylvette. Quand mon père rentre avec sa valise de colère, il me dit de me taire quand je dis bonjour, quand je dis quoi que ce soit. Quand mon père rentre je disparais à la vie jusqu'à ce que la valise reparte et que je retourne au pays de la maison de Sylvette et moi, attendant que Sylvette quitte son déguisement d'adulte pour me rejoindre.

Je ne vois pas que Sylvette écoute avec plaisir ma description d'une enfance maltraitée, je ne vois pas qu'elle est heureuse que j'associe la cruauté parentale au fait de ne pas pouvoir se salir et seulement avec ça. Je vois juste qu'elle aime quand je parle alors je continue. Il faut adopter Natacha pour qu'elle puisse avoir les mêmes droits que moi, se rouler dans la boue autant qu'il lui plaira, passer de vraies heures avec toutes leurs minutes sous la pluie sans que personne ne dise : « Rentre ! Tu vas attraper froid ! », marcher pieds nus dans l'allée de ciment, ne manger que des petits déjeuners pendant deux jours... Sylvette me dit : « Oui, je pourrais m'occuper de Natacha, je lui ferais planter des pois de senteur dans le jardin, qu'en penses-tu ? » Le feu de ma jalousie-monstre me brûle le ventre immédiatement, j'imagine les bras de Sylvette chargés d'une autre que moi, plus propre et mieux coiffée et aussitôt j'ai envie d'étrangler Natacha avec mes mains. Sylvette me prend sur ses genoux, me caresse la nuque et me souffle : « Il faut penser à la maman de Natacha, tu imagines son chagrin sans sa petite fille ? Tu m'imagines moi sans ma petite fille, que quelqu'un te retire à moi ? » Voilà. L'incendie de jalousie s'est éteint aussi vite qu'il avait embrasé mon corps, je nous imagine Sylvette et moi séparées par un monstre. Je pleure dans la seconde.

J'abandonne mon projet d'adoption et je console Sylvette de l'idée qu'elle pourrait me perdre avec toute la force de mes bras de quatre ans.

11.

Je ne peux pas parler du trou noir directement. Je n'y vois rien. Me restent le vertige et la nausée. Tout ce que je perçois de l'histoire de Sylvette et de ses parents est le silence qui persiste et frappe quiconque s'approcherait trop près des détails. Je n'essaye pas de les sauver. Je ne veux pas trouver des raisons qui expliqueraient un pourquoi, une cause, je ne veux pas dresser une liste de justifications. Je refuse de dire que c'est la faute de la polio et en même temps, j'ai envie de mordre ceux qui disent que les choses sont toujours bien plus complexes qu'on croit… qu'il y a toujours un faisceau de causes à l'origine de la violence. Je dis que non, les choses sont simples et droites, la complexité est une excuse, la violence donne de la violence, il n'y a pas de début, rien ne sert de chercher l'origine, qu'est-ce que ça change à la souffrance, en fin de compte ?

Armand n'a pas rencontré un magicien comme le pense Sylvette sur son tapis. Depuis quelque temps, il met à exécution un plan de vengeance de l'éloignement de Simone en couchant avec Marie, la fille du patron de son usine. C'est aussi simple que cela. Dans la tête d'Armand, un orage de rage s'est levé, il va casser ce qu'il pourra casser et Simone lui reviendra car il la veut depuis le premier jour et il la veut pour lui sans cesse. Il lui fera payer de n'être pas un membre de son corps tordu, d'être née distincte de lui. Et pour que Simone se pense tranquille, pour ne rien laisser paraître de sa fureur d'être délaissé, Armand joue à aimer Sylvette, il tend ce piège à Simone et se montre sous le jour d'un bon papa pour tromper son attention. Elle ne sait pas résister à un bon papa. Un jour, il frappera quand elle s'y attendra le moins et il jure devant le ciel que ce jour-là, elle lui appartiendra enfin tout entière pour l'éternité, sinon il la tuera et la gosse avec et il mettra le feu à la maison pour mourir aussi.

Sylvette ne sait pas que son papa fait semblant de l'aimer. Elle trouve cela si merveilleux qu'elle y pense en jouant dans la maison pendant qu'Armand est à l'usine où il travaille les pièces de métal ou le bas-ventre de Marie qui est tombée amoureuse de lui, de sa colère et de son silence. Une de plus qui aime la force, qui baisse la tête, qui est fascinée par les hommes-colère. En ce moment, elle soupire sur les genoux d'Armand, le dos présenté au ventre du jeune homme, les fesses calées contre son pubis. Elle cadence la bascule de son bassin pour absorber Armand encore un peu, pour faire monter la semence qu'il vient de décharger en elle à longs traits. Elle racle le bas-ventre de son amour avec ses fesses, on dirait un cheval à bascule. C'est en pensant à Marie qu'Armand a sculpté le minuscule cheval qu'il a donné à Sylvette, il a ri de sa bonne blague en voyant la gamine se prendre de passion pour l'objet, « future traînée », il a pensé.

Remplir Marie ne calme pas le feu d'Armand, Marie est une goutte d'essence odorante et dérisoire sur l'incendie de jalousie déjà commencé. Quand il rentre le soir, Armand envoie Sylvette jouer dans le jardin ou parler avec les fleurs, puisqu'il a remarqué qu'elle faisait cela. Alors il coince Simone contre le lourd buffet de la salle à manger. Plus il couche avec Marie, plus il désire Simone qui se cramponne à son meuble pendant qu'il retrousse sa robe. Il l'aime tellement. Il tuera la gosse avec un couteau, pas besoin de tuer Simone, la gosse seulement, toujours dans les pattes avec son air bête.

Sylvette joue dans le jardin. La nuit tombe et elle a faim mais elle sait ce que ça coûte d'entrer dans la maison quand Papa a dit de rester dehors.

Il n'y a plus de framboises depuis longtemps. Elle longe le mur et trouve les plants d'oseille à soupe, quelques feuilles n'ont pas été mangées par les escargots. Sylvette dîne assise par terre en croquant les feuilles dures qui font du bruit dans ses oreilles. Les volubilis grimpent sur le mur. Tout est bien joli.

12.

La maladie a changé quelque chose, quelque chose de décisif pour moi. La maladie a rendu l'enfant-Sylvette de cinq ans visible de tous, je l'ai déjà dit. Je suis obligée de la partager avec des gens, toutes sortes de gens, des plus proches aux plus inconnus. Je sais que Sylvette de cinq ans a repris le pouvoir définitivement car je découvre, à l'occasion de mes visites, que mon père a enfin appris à s'occuper d'un enfant. Je le regarde faire des soupes, proposer un oreiller supplémentaire, se montrer inflexible sur le nombre de verres d'eau à boire par jour. Je trouve cet apprentissage si tardif à la fois pathétique et révoltant. Jamais il ne s'est occupé de moi quand j'étais enfant, je veux dire, jamais il ne s'est occupé de mon corps. Il ne m'a ni nourrie, ni baignée, ni n'a changé mes draps, et je trouvais cela absolument normal puisque les enfants, tous les enfants du monde, c'était l'affaire de Sylvette, il n'allait pas lui retirer ce qui faisait le sel de sa vie. J'apprenais par omission à me méfier des hommes, à ne pas désirer qu'ils approchent ma peau. Sylvette, en tenant mon père à distance de moi, avait réussi une éducation qu'il faudrait attaquer à l'acide de ma révolte bien plus tard. Mon père avait obéi à Sylvette, il n'avait jamais essayé de m'amener à lui durant l'enfance. Il se gardait les domaines que Sylvette lui abandonnait sans lutte : les actualités, l'histoire, la formation intellectuelle par accumulation de savoirs en tous genres sur tous les sujets, parler fort, discuter beaucoup.

Qu'avaient-ils donc fait avant, dans leur couple sans enfant ? Petite, je plaignais Sylvette d'avoir eu à subir le monde sans moi pendant tant d'années. L'enfant de cinq ans qui m'avait élevée, où était-il avant moi ? Se tenait-il dissimulé dans un recoin de leur vie, attendant de pouvoir sortir de sa cachette le jour où il aurait enfin à portée de main un enfant réel qui le rejoindrait dans sa solitude ? Je sais que Sylvette s'était cachée dans un bureau, dans un métier, dans des bonjours à des collègues. L'ovocyte que j'étais dans son ventre se cachait avec elle. Devenue fœtus, j'avais permis à Sylvette de quitter tout ce barda de vie d'adulte. Elle avait arrêté de travailler dans le monde normal pour travailler dans notre royaume infini de chansons, de jeux et de sommeil. Je rêve aujourd'hui de discuter avec ses anciens collègues, rien que pour savoir quel semblant d'adulte elle pouvait être.

Depuis la maladie, mon père, lui, est retourné au bureau, je veux dire qu'il s'occupe de Sylvette d'une façon bureaucratique. Il gère les rendez-vous, les scanners, les demandes à la Sécurité sociale, il amène Sylvette à l'hôpital, la ramène, trouve naturel d'écouter l'intégralité des comptes rendus des réunions collégiales concernant les protocoles de soins et de les téléphoner aux proches dans la foulée. Je dois subir tout ce cirque et en écouter chaque PV, en vérité je n'écoute que les informations qui pourraient me dessiner les contours de la temporalité de la mort de Sylvette. Mais les bilans hépatiques sont bons.

Sylvette, de son côté, se laisse porter comme on se laisse trimballer dans les voitures des parents quand on est enfant, sauf qu'elle a droit de monter à côté du conducteur, à l'avant, grâce à son costume d'adulte. Elle ne se demande pas une seule fois comment elle pourrait aller aux rendez-vous médicaux en transports en commun, elle ne se demande pas comment on remplit un formulaire. Elle se paye le luxe d'ignorer la matérialité et l'intendance charriées par son cancer, elle exige que mon père la prenne en charge entièrement, qu'il connaisse les temps de trajet jusqu'à l'hôpital, les prescriptions, l'étage des IRM. Elle n'imagine pas décider quoi que ce soit. Il n'imagine pas désobéir.

Sylvette me téléphone pour savoir quelle question serait la bonne à poser au docteur B. « Il est gentil le docteur B. (tralala), il est gentil le docteur B. parce qu'il a vu que j'ai tout bien fait comme il a dit. » Ma chérie si petite, j'ai envie de t'égorger et de te consoler tout à la fois, je suis en colère de voir que tu es fière qu'un professeur de médecine te considère, qu'il t'écoute et qu'il te félicite. Oui, on dirait que tu me parles une fois encore de ton prix d'excellence reçu dans ta pauvre banlieue, car tu étais une excellente élève et tu me mords le cœur en crachant que toi aussi tu aurais pu écrire des livres si on t'avait donné ta chance, et puisque le professeur de médecine te considère et que tu as cinq ans, on pourrait redresser le destin, te refaire une vie où tu transformerais ton prix d'excellence en certificat d'études et puis tu aurais tes deux bacs et tu viendrais grossir les rangs des étudiants à l'université et enfin, enfin, tu serais ce que tu penses avoir le droit d'être et moi dans ton ombre, je pourrais jouer à l'héritière et tracer une ligne droite de filiation, ma mère tient la chaire de littérature à la fac de... Tu t'imagines Sylvette, ce que ça serait beau qu'on se fasse un chemin qui ressemble à nos intelligences ? Je te vois y croire quand tu me racontes au téléphone que le docteur B. t'a dit qu'il était impressionné par ta force, qu'il n'avait jamais eu de patientes comme toi et tu sais, je le crois, je te le dis, il n'a jamais eu de patientes comme toi. Et puis je te laisse dans ton flot de mensonges, de fantasmes, de boucles de paroles pour refaire la vie que tu n'as pas vécue et je m'en vais du côté raide de la route pour remettre la réalité droite et surtout ne pas raconter d'histoires ou alors des histoires vraies.

Mon père, de son côté, passe aux admissions de l'hôpital parisien pour faire les étiquettes et prendre les prochains rendez-vous. Il remet sa malade dans la voiture. Sylvette sur le trajet du retour se dit que puisque des professeurs de faculté de médecine sont gentils avec elle, elle a bien raison d'en vouloir à Armand de l'avoir forcée à quitter les études à quatorze ans pour aller suivre les cours de sténodactylo. Les gens qui ne savent pas ce que c'est que de payer son impôt à la vraie misère me diront que je fais dans le pathos et je dirai d'accord, pas de pathos, OK, pas de pathos, mais comment faire pour le dire autrement ?

Comment faire ? Je sais comment faire, je peux le dire, je l'ai fait sans savoir que je vengeais quelque chose de crucial. C'est avant la maternelle, avant les autres. Sur le tapis, Sylvette me montre les hiéroglyphes étranges de la sténo, et je dis très fort que c'est si beau et magique et je dis encore qu'elle est la plus forte du monde à écrire des langues bizarres. La crispation des mâchoires, plus tard, quand j'entends les blagues de certains sur les secrétaires, les assistantes de direction, les larbines décérébrées. Quand je suis enfant, Sylvette qui écoute toujours chacun de mes mots avec une attention que je ne retrouverai plus jamais, me dit « attends, tu vas voir », elle reprend le stylo et écrit à l'envers une phrase que de toute façon je ne peux pas lire à l'âge que j'ai. Elle approche le papier d'un miroir et dans l'image, la phrase est à l'endroit. Elle me dit que c'est parce qu'elle est gauchère comme Léonard de Vinci et elle me dit que moi aussi je suis gauchère et que bientôt je pourrai écrire à l'envers comme presque personne ne sait le faire, qu'on pourra s'écrire des secrets elle et moi et sans miroir en plus. Elle dira cela à d'autres enfants plus tard, quand je serai déjà adulte, ces enfants croiront à l'exclusivité du secret en même temps que je me sentirai trahie.

C'est si difficile aujourd'hui d'écrire à l'endroit tout cela.

13.

J'ai vingt ans. Il y a encore au fond de moi l'envie de sauver Sylvette. Je suis partie vivre en Angleterre où je me brise chaque jour les muscles de la mâchoire à ne pas parler mon joli français. J'ai fui pour des tas de raisons. J'ai fui pour que quelqu'un d'autre s'occupe de l'enfant de cinq ans, du monstre hybride qui me sert de mère. Je me dis que l'ogre du Petit Poucet qui mange la chair fraîche des tout-petits, sans distinguer ceux de son propre sang de ceux qui ne sont pas de lui, n'est pas du tout de la race des pères méchants, ce n'est pas un Armand. L'ogre du Petit Poucet est une Sylvette qui demande à heure fixe de manger des enfants pour survivre. Je me le dis grâce à la distance, avec le soulagement de ceux qui ont nagé assez vite pour se trouver en sécurité sur l'autre rive et se retournent pour voir le prédateur ne pas savoir quoi faire de la masse d'eau qui protège et sépare.

Même à l'étranger, j'échoue à me détourner complètement de Sylvette. J'ai davantage de latitude pour revenir aux souvenirs. Je repense à la campagne de dénigrement qu'elle avait menée contre l'école maternelle, à peine soufflées les bougies de mes trois ans. Le temps était compté qui verrait advenir notre première séparation. Elle m'avait répété que l'école n'était pas obligatoire, que je pouvais décider de rester avec elle dans notre maison de fête. Je me revois passer des heures à réfléchir à cette proposition qui commençait à me faire redouter l'école qu'un autre jour je désirais tant. Pour chasser vite cette idée d'avoir à choisir entre rencontrer de vrais enfants ou rester à l'abri du monde auprès de Sylvette, je lui demande : « Et si je mourais, tu ferais quoi ? » On dirait qu'elle a déjà prévu la question tant elle est calme quand elle me répond : « Si tu mourais j'en mourrais, tu n'as pas le droit de mourir. » Heureusement que j'ai choisi d'aller à l'école, je pourrai comparer le poids des interdictions des mères. C'est là que je rencontrerai Natacha et son interdiction de se salir. Moi je n'avais pas le droit de mourir. Chacune son commandement. Voilà à quoi je pense quand je vis en Angleterre, voilà comment mes vingt ans me ramènent à mes trois ans.

Je rentre en France pendant l'été et je reviens à Sylvette car je pense que cela lui fera plaisir que je consacre mon temps de vacances à la voir. Je me dis qu'elle mesurera sûrement le cadeau puisque j'ai vingt ans et que par conséquent, j'ai tant de choses à vivre, tant de lits qui m'attendent quelque part. Dès le lendemain de mon retour je trouve Sylvette effondrée en larmes. Elle pleure, c'est très rare que Sylvette pleure, c'est presque jamais si je réfléchis. Je pense tout de suite que quelqu'un est mort, je lui demande qui est mort sans m'embarrasser des phrases inutiles du type « Que se passe-t-il ? », « Ça ne va pas ? », « Mais tu pleures ? ». « Qui est mort ? » est la bonne question. Je me suis encore trompée comme une imbécile car sous les larmes impressionnantes, ce sont deux yeux de haine qui reçoivent ma question. Elle hoquette une réponse. « Tu es en train de tuer mon enfant. »

Je ne demande pas de précisions, pas d'explications parce que les enfants et la mort sont des choses liées évidemment dans mon esprit. Par l'interdiction de mourir que j'ai eue enfant, j'ai fabriqué un lien logique entre chaque enfant et le contour de son futur cadavre. Cela me rassure, c'est la transgression qui me permet de mieux respirer. Ma dissidence imaginaire.

Sylvette poursuit : « Tu fumes tout le temps, tu vas tuer mon enfant, je me demande à quoi ça sert de t'avoir faite si c'est pour que tu tues mon enfant. » Comme je n'ai plus trois ans mais vingt, je ne demande pas pardon, je tombe immédiatement au milieu du trou noir, là où l'on devient fou. Je les retrouve au fond du trou, Armand, qui bien que mort depuis longtemps cogne et boite éternellement, je suis dans ce noir-là des souvenirs, le bal et les prénoms qu'on change, ça tourne et ça tourne et je regarde en l'air pour voir si quelqu'un ne serait pas penché au-dessus du trou pour me jeter une corde, quelque chose, n'importe quoi pour que je remonte et que je retourne vivre dans un autre pays où il faut parler une langue apprise pour qu'on vous réponde. Quand je serai certaine d'être sortie du trou où j'ai sauté pour sauver ma peau de la haine de Sylvette, je jure que je reviendrai et que ce sera moi, la silhouette penchée au-dessus du trou, je reviendrai curer le puits noir, le laver à grande eau transparente et à coups de fumée qui tue les enfants.

Je sors de la pièce, au bord de l'asphyxie. Mon père est debout face à moi comme s'il avait accouru pour sécuriser les lieux, pour renforcer le mur qui aurait pu exploser à la rage de Sylvette.

– Mais elle est folle ! Elle est folle !

Il ne me demande pas de quoi il s'agit. Il baisse les yeux.

– Chuuuut. Allons, allons.

14.

L'amour fou que la fille du patron porte à Armand le rend joyeux. Elle a l'air sincère, cette petite Marie avec ses élans chuchotés (« Je suis à toi, je suis à toi ! »). Armand jouit doublement : de la savoir à sa merci et de sa peau. Mais ça ne vaudra jamais la peau de Simone. Pourquoi ne veut-elle plus faire l'amoureuse comme au début ? Pourquoi maintenant, les seules choses qu'elle lui raconte sont la méchanceté de la teigne d'à côté, les parts de tartes données, toutes ces conneries dont il se fout ? Armand repense au début de leur histoire, à Simone et à lui, quand ils allaient au bord de l'eau le dimanche et qu'elle voulait tout le temps se faire renverser. Elle lui collait des baisers partout et elle riait pour de vrai. C'est la faute à la gosse si Simone ne l'aime plus comme avant. Pour se venger, il prend Sylvette sur ses genoux et la met dans la même posture que cette traînée de Marie, dos à son ventre, et il cahote sur la chaise pour secouer Sylvette, qu'elle prenne le mouvement de la chienne de fille du patron qu'il a quittée bien remplie deux heures plus tôt.

Sylvette se laisse secouer parce que Papa a dit : « Grimpe là-dessus, tu verras Montmartre », et qu'il avait l'air si content. L'enfant serre dans sa main le petit cheval à la queue de cuir qui galope parce qu'Armand fait sauter Sylvette trop haut et trop fort sur ses cuisses malades. La petite hoquette un rire mais ses yeux sont terreur, elle accroche une main à la table devant elle, elle sait qu'il faudrait accrocher deux mains mais seulement il faudrait qu'elle lâche le cheval et elle ne veut pas rompre le contact avec son ami merveilleux, elle se tient d'une main, ça ne suffit pas, Armand accélère encore et tout va trop vite, les images des meubles et des murs fondent dans un flou compliqué. Sylvette a peur. Je ne peux rien faire pour elle, je n'ai pas son talent pour raconter de jolies choses quand je sais qu'elles sont noires alors Sylvette chute et se cogne la tête contre un pied de la table.

Simone reste où elle est, elle regarde sa fille par terre.

– Mais tu es fou !

– Ah ça, le moindre bobo de la gosse, ça, ça t'intéresse ! Tu vas voir…

Sylvette pleure sur le tapis, non parce qu'elle est blessée mais parce que sa chute a fait valser le cheval quelque part, elle ne sait pas où. Personne ne la prend dans les bras pour la consoler, personne ne lui demande où elle a mal. Simone se contente de crier, comme si c'était ça le pansement idéal pour une petite fille qui s'est cogné la tête. Sylvette, c'est mon récit qui t'a fait tomber sur le tapis, pardonne-moi de devoir te laisser au sol.

Sylvette n'écoute pas la dispute au-dessus d'elle, elle rampe sur le tapis et passe sous la table parce qu'elle a aperçu le cheval. Il pleut des phrases sèches sur la table et sur le tapis, ça rebondit dans tous les sens et le niveau de l'eau de mots méchants monte et noie les genoux de Sylvette, c'est un vrai déluge de mal, elle ne sait pas nager dans ce courant menaçant. Au moins ça ne lui pleut pas sur la tête puisqu'elle a trouvé refuge sous la table. Comment faire pour se sauver la vie, à elle et au cheval, surtout après la cascade qu'il vient d'effectuer, il ne s'agit plus de le promener mais de le protéger.

Elle englobe le jouet de ses petits doigts pour trouver l'endroit d'une blessure, elle touche et retouche les pattes de bois car elle se souvient qu'un jour elle a été voir les courses de chevaux à l'hipodium, ou quelque chose dont le nom ressemble à hippopotame et qu'il fallait faire la queue parmi une forêt de jambes d'hommes bruyants dans un bazar effrayant. Après Papa avait donné plein de sous à quelqu'un tout en haut d'un comptoir immense et les gens derrière la bousculaient en attendant qu'Armand cède sa place. Papa ne marche pas vite, encore moins ce jour-là parce que Sylvette s'accrochait à sa jambe pour ne pas le perdre dans la jungle de jambes en bien meilleur état. Après ils avaient trouvé une place dans une sorte d'immense escalier, Papa tenait Sylvette à bout de bras pour qu'elle voie quelque chose. C'était juste avant que la course écrase le gazon. Et puis avec un sourire bizarre, il l'avait prévenue que quand un cheval fait une chute, il faut l'abattre aussitôt. « Ça veut dire quoi abattre ? » « Ça veut dire tuer. » Peut-être qu'ils allaient voir un cheval se faire tuer, avec une hache. « Comme ça on ramènera un bifteck à ta mère et tu devras le manger en entier ! » Terrorisée, Sylvette avait attendu la fin de la course et pour elle, ce jour-là, tous les chevaux avaient gagné la course parce qu'aucun n'était tombé et que ne pas mourir c'était ça avoir gagné. Papa s'était moqué en s'adressant au monsieur d'à côté d'eux : « Que voulez-vous que je fasse d'une fille ! »

Je n'ai jamais vérifié s'il y avait eu une course le jour de ma naissance, le jour interdit de naître du 26, sur l'hippodrome longeant la Seine. Est-ce que notre chambre à la maternité donnait sur le champ de courses ? Si oui, j'imagine que Sylvette s'était approchée de la fenêtre me tenant dans ses bras et qu'elle avait surveillé la chute possible des chevaux.

Sous la table, Sylvette ne détecte pas de fractures à son cheval, elle ne sera pas obligée de le tuer. *Il pleut, il pleut Sylvette, rentre vite donc ta tête...* Il pleut des phrases qui sont des cris, ton papa fracasse une chaise contre le sol : « Tu vas m'aimer nom de Dieu ! » Le cheval et toi voyez les morceaux de pieds se disloquer en échardes gigantesques sous vos yeux. Il faudrait appeler le magicien pour qu'il accomplisse le miracle auquel tu pensais l'autre jour, tout en même temps, le câlin de Papa et la chanson de Maman, la main dans les cheveux. Le petit cheval et sa crinière de cuir froissé sont bien de cet avis aussi. « S'il vous plaît, monsieur », Sylvette prononce la formule de politesse à haute voix car on ne sait jamais, si monsieur le magicien n'entendait pas que Sylvette est bien élevée, peut-être ne viendrait-il jamais faire sa magie du côté du dessous de cette table, il vaut mieux le répéter bien clairement, pour le vœu, on peut bien le chuchoter dans la tête mais le « s'il vous plaît », ah non alors, il faut qu'il l'entende, encore une fois et une autre et bientôt une litanie de « s'il vous plaît » emplit l'air protégé du dessous de la table. Dans la tête de Sylvette, c'est le vœu qui prie le monsieur, je voudrais que Papa et Maman sourient en même temps des sourires impossibles à contenir dans une tête de Sylvette, « s'il vous plaît, monsieur ».

– Tu vois où on en est ! Maintenant à cause de toi, la petite t'appelle monsieur, elle sait même plus que tu es son père !

15.

Dès l'annonce du cancer, Sylvette se met à l'arrêt. Elle se dit que si elle ne bouge pas d'un cil, la maladie passera peut-être à travers elle et repartira comme elle est venue. Le tout est de ne pas l'effrayer avec des mots trop vrais. Cela vaut aussi pour les autres qu'elle arrive à contrôler en ne laissant personne commencer à aborder le sujet ou plutôt les choses telles qu'elles sont. Elle use d'une violence verbale peu commune pour me faire taire quand je me risque à lui rappeler les fondamentaux : les cancers multi-métastasés ne guérissent pas, on peut juste les contenir le plus longtemps possible jusqu'à l'explosion inéluctable. Elle me coupe, elle me fait taire en bavant une haine qui m'attrape le cœur via le téléphone. « On n'en est pas là. » Je voudrais tellement lui demander pourquoi elle dit « on », qui est « on », est-ce que je suis forcée de faire communauté avec cet endroit flou où l'on est censé ne pas être encore ?

Je la regarde veiller à censurer chaque parole qui perturbe son entreprise. Autoritaire. Ceux qui la connaissent mal diront « décidée ». Elle mord comme toutes les victimes, comme tous les survivants, dès qu'on commence à s'approcher de trop près, dès qu'on commence à vouloir sortir du mensonge qui leur permet la survie. Comme tous les survivants, la condition de son existence est qu'elle ressemble perpétuellement à de la survie. Sans combat, point de salut. Je retrouve toute fraîche la fureur que Sylvette avait fait pleuvoir sur moi quand j'avais commencé à chercher le moyen de la quitter. Je la vois flamboyer de rancœur, persuadée que je m'amuse sadiquement à inviter le cancer à s'aggraver à l'aide de vérités scientifiques qui ne servent qu'à tuer les Sylvette. La litanie reprend, l'invocation de formules magiques pour repousser la mort. Je sais, si j'avais encore besoin de preuves, que c'est l'enfant qui est aux commandes. L'enfant sait ce qu'il fait, Sylvette de cinq ans sait comment faire pour convertir la vérité en histoire inventée, elle sait qu'à force de répéter une histoire, le monde obéit et se transforme pour correspondre au récit. « De toute façon, moi, je n'aurai jamais de cancer, je mourrai très vieille. » Cette phrase que j'ai si souvent entendue petite me revient et la tentation est grande de rafraîchir la mémoire de Sylvette, de lui dire méchamment : « Alors comme ça, tu n'auras jamais de cancer ? », de persifler, d'être odieuse sur des airs de « nanananèreuh ». Je m'abstiens pour la décence, pour faire comme si j'étais « au-dessus de ça », je sais qu'il est vain d'argumenter. Chaque fois que j'avais essayé de porter la contradiction à Sylvette pour lui démontrer que ça ne marche pas à tous les coups, qu'on ne peut pas toujours inventer le réel, elle avait opposé une fin de non-recevoir en forme de « arrête de dire n'importe quoi » brutal. De toute façon j'étais encore en train d'inventer, elle n'avait jamais dit qu'elle n'aurait jamais de cancer, je mentais, un point c'est tout. À l'époque, je ne m'étais pas rendu compte que la phrase « je n'aurai jamais de cancer, etc. » était apparue au décès d'Armand, qui était précisément mort de ça, un cancer généralisé débuté par les os. Je n'avais pas su entendre la terreur de Sylvette de mourir de la même maladie que son père, ce qui aurait démontré qu'elle était bien sa fille et pire, qu'elle avait pris de son hérédité malgré ses efforts pour que son enfant de cinq ans lui fabrique une vie faite de rires et de questions naïves sur le monde.

Je n'ai jamais vu Armand, sa mort est aussi fictive que son existence à mes yeux. Je n'ai pas besoin d'avoir rencontré Armand, je l'ai dans le sang et dans la peau.

Au début de la maladie, le combat acharné de Sylvette pour ne pas finir comme son père me tient en respect. Sa force me toise et m'impressionne. Je ne sais pas encore que dans quelques années, il me faudra partager cette admiration avec tous ceux qui croiseront Sylvette et seront ébahis : « Quelle force, quelle volonté de vivre ! » Ils verront incarnée en trente-deux kilos la résolution de ne pas mourir, ils verront démontré ce que je sais depuis toujours. Je ne pourrai rien faire pour les empêcher d'admirer cette volonté qui tient du monstre, qui, n'en déplaise à Sylvette, tient plus d'Armand que d'autre chose. Mais après tout, Sylvette a le droit de récolter l'admiration provoquée par son acharnement surnaturel, c'est pour elle un salaire, il lui est dû. J'aurais voulu redresser les torts et crier aux gens : « Ne l'admirez pas, ne la confortez pas dans son obstination à ne pas mourir, ce n'est pas une bonne nouvelle qu'elle survive en pesant trente-quatre kilos et parfois plus et parfois moins pendant des années alors que son foie est noir et ses os également. C'est le noir qui gagne dans sa puissance et nous fait mettre un genou à terre à tous, autour du lit. Ce n'est pas bien de ne pas mourir quand on le devrait, quand on le doit, ne l'encouragez pas à combattre encore le trou, elle n'a jamais rien fait d'autre. Pour avoir passé mon enfance à la seconder dans cet industrieux projet, je peux vous dire que la meilleure nouvelle serait qu'elle capitule. » Non, « de toute façon, moi, je n'aurai jamais de cancer » puis « je mourrai comme ma grand-mère, très vieille et calmement » racontaient que Sylvette n'était pas la fille d'un homme méchant, c'est-à-dire pour elle d'un homme tout court. Cela voulait dire qu'elle était issue d'une lignée de femmes douces ou victimes, récompensées de leur douceur et de leur statut de proie par une mort rêvée, un lit d'édredon de plumes, une chandelle de vieillesse qui s'éteint à l'aube paisiblement. C'est dire si mon amour des cigarettes était le signe manifeste que j'avais du sang d'Armand dans les veines et que je décidais délibérément de mourir mal et de rompre la chaîne des soi-disant bonnes vies de femmes de la lignée de Simone et de Sylvette.

Sylvette, figée par l'annonce du cancer, s'assoit au bord de l'existence pour scruter les moindres détails de ce qui arrive. Elle m'appelle, elle appelle presque tous les jours, elle répercute toutes les modifications qui apparaissent dans des monologues qui me rendent folle. Elle passe des heures (et de nouveau, ce n'est pas une façon de parler, il faut se figurer des heures avec de nombreux quarts d'heure, toutes les minutes que cela inclut, ce que « des heures » veut dire est vertigineux) à me raconter que ses ongles se fissurent, qu'elle a perdu le goût des aliments, que chaque chose ingérée possède un goût unique : amer et répugnant. Surtout les choses sucrées. Elle fait des listes au téléphone, les choses atroces, elle dit le mot « atroce », les crèmes caramel transformées en morceau de fer rouillé dans sa bouche, elle dit qu'elle doit renoncer, qu'elle doit manger autre chose, « c'est atroce », elle dit pendant des heures. Elle dresse des listes d'aliments et quand la liste est prête, elle me la téléphone, parfois plusieurs fois par jour. Quand je ne sais plus quoi dire, quand je veux raccrocher, elle me pique : « Mange tant que tu peux encore, c'est ça, mange… »

Sans les heures de monologue, je pense que j'aurais eu de la peine à voir ses ongles se fissurer, son impossibilité de partager à table le goût des aliments que nous mangions en même temps qu'elle. Avec un peu de silence, avec beaucoup moins de phrases, j'aurais retrouvé la route des larmes que je versais dans mon lit la nuit quand j'avais quatre ans parce que Sylvette me semblait un être vulnérable et sans défense mais par-dessus tout, un être d'amour total qui m'offrait tout son temps et tout son stock de gentillesse dont je n'étais pas digne. Je comprenais qu'elle avait été frappée par son père et d'autres choses impensables pour moi et je souffrais dans ma chair d'imaginer qu'à mon âge, quatre ans, elle connaissait déjà depuis des années les coups et le trou noir que ni elle ni personne n'évoquait jamais.

Cela dure un an ou deux les listes d'aliments téléphonées, c'est fou comme j'oublie l'addition du nombre de ces jours. Les heures de coups de fil ont séché mes yeux. Je n'oublie pas parce que je souffre pour Sylvette, j'oublie parce que ça ne m'intéresse pas. Je me demande si elle sait que cela ne m'intéresse pas, si elle s'est posé la question. Je la sauve en supposant que non. Alors je reconsidère les gens angoissés que je connais et que je plaignais beaucoup jusqu'alors. Ils sont comme Sylvette, ils n'ont pas le moindre début de questionnement sur l'intérêt que l'autre peut porter à leur angoisse. Tyrans desquels je prends la décision de m'éloigner à défaut de pouvoir quitter Sylvette.

16.

Pendant que Sylvette dresse des listes qui ressemblent à des comptines, je m'interroge sur les chiffres, sur les âges. Sur les cinq ans de l'enfant-Sylvette. Pourquoi cinq ans ? Pour essayer de me débarrasser de la question, je me demande comme le ferait un psychanalyste : « Mais au fond, en quoi est-ce si important de le savoir ? » Et comme je le ferais en face d'un psychanalyste, je m'indigne toute seule, mais enfin, c'est important, c'est tellement important et personne ne se rend compte de l'extrême importance de savoir ça ! Ça ne répond pas à la question, me dirait le psychanalyste. Merde. Sylvette ne veut pas mourir parce que son enfant de cinq ans l'en empêche, voilà tout ! Mais pourquoi cinq ans ? Merde.

Je bifurque alors sur mes âges butoirs. Je suppose que chacun en possède un. Par exemple, je ne me suis jamais vue vivre au-delà de quarante ans. Quand j'étais enfant, on me disait que c'était normal de ne pas pouvoir se projeter aussi loin. Quand j'étais adolescente, on ne me disait plus rien sur le sujet mais je sentais les adultes n'en penser pas moins, mettre tout sur le dos de la mort de Kurt Cobain par exemple, et de son âge indépassable pour tant de gens. Rien n'a changé pour moi, je ne me vois toujours pas vivre au-delà de quarante ans et il se trouve que j'aurai quarante ans l'année prochaine, dans moins de six mois. Je n'ai plus très longtemps à attendre pour voir si j'avais raison. Si j'ai tort, je me demande ce que je ferai des années bonus. J'ai la sensation qu'elles seront blanches, pour de faux. Je retombe sur ma question, pourquoi quarante et pas un autre nombre ? Quand j'avais vingt ans, un ami très cher me disait le même genre de choses : il ne passerait pas les vingt-cinq ans. Il est mort dans un accident à l'âge de vingt-trois ans ce qui m'a causé une grande peine mais aucune surprise. J'ai regretté plus tard de ne pas lui avoir demandé pourquoi il savait que la barre était placée pour lui à vingt-cinq ans. Je lui ai souvent dit à voix haute depuis sa mort qu'il avait deux ans d'avance sur sa prédiction, lui qui était pourtant un être infiniment lent. J'entends d'ici les mathématiciens de l'existence me parler de prophéties autoréalisatrices. Je les laisse parler.

Je n'avais jamais fait d'hypothèses solides sur ce chiffre de quarante ans jusqu'alors, comme si c'était encore loin et que si je réfléchissais trop en amont, j'allais accumuler trop de possibles sans y voir plus clair. Maintenant que je suis à la porte de ce nombre d'années imparties pressenti, je peux me permettre d'y penser sans risque. Peut-être que Sylvette mourra pour de vrai l'année de mes quarante ans, que je le sais depuis toujours, que c'était inscrit dans ma mémoire d'ovocyte et que je n'ai jamais réussi à envisager de vivre sans elle. Sylvette est mon métier. Tant qu'elle vit, j'ai quelque chose à faire : la seconder dans la survie, écouter les litanies sans me fâcher, faire semblant que tout est normal, faire comme s'il n'y avait ni trou ni noir ni rien. Je me dis que je vais peut-être être fauchée comme nombre de jeunes retraités, la maladie leur tombant dessus quelques mois après l'arrêt du labeur. Comment envisager d'être retraitée de Sylvette ? Faudrait-il que je prévoie des loisirs collectifs pour combler le vide ? Des cours de vie sans fonction ? Que je déménage pour « profiter » ? Quel profit puis-je tirer de notre rupture définitive ?

Je suis toujours ébahie de voir des gens, surtout des plus âgés, dire qu'ils n'ont jamais pensé à leur propre mort, qu'ils se sentent encore éternels à cinquante, à soixante, à soixante-dix ans. Je remets la mort sur le métier de la journée chaque matin depuis que j'ai des souvenirs, j'aime la fidélité et les rendez-vous qu'on ne manque pas.

Sylvette, elle, s'étant vécue comme une enfant de cinq ans, est proprement révoltée de devoir mourir si jeune, à plus de soixante-quinze ans, mais de toute façon, elle ne va pas mourir.

17.

À la Toussaint, Simone et Sylvette vont au cimetière pour fleurir la tombe du papa chéri de Simone, le pépé inconnu de Sylvette. Elles sont accompagnées de Mémé, qui est triste de ne plus avoir de mari. Armand attend à la grille qu'elles terminent leurs pleurnicheries, il monte la garde car on ne sait jamais, il n'y a pas que des femmes dans le cimetière et Simone a mis la jolie robe noire. Simone et sa vieille mère discutent avec leur mort une fois l'an, elles lui récitent le bulletin des nouvelles : le voisin est venu réparer la porte du bahut qui ne fermait plus, la petite grandit bien, on fait aller le temps et la vie. Sylvette ne sait pas trop de quoi est mort le papa de Simone, elle sait que Maman l'aimait beaucoup, beaucoup plus que n'importe qui, Simone le répète très souvent.

J'ai vu Simone obèse et vieille parler de « Papa ». Je sais ce que je dis.

Sylvette ne sait pas que son pépé est mort de peur, qu'on peut mourir de peur comme Pépé l'a fait en apprenant qu'Elle était revenue, qu'ils avaient remis ça avec les mêmes ou presque, cette Allemagne avec qui on ne peut pas s'entendre. C'était avant la naissance de Sylvette, avant même que Simone et Armand se rencontrent. Pépé avait commencé par en hurler la nuit et les cauchemars en matière de peur avaient amené la maladie de la terreur. La fièvre avait pris le relais pour aider la peur à le faire mourir. Pépé luttait pour ne plus dormir car les rêves le prenaient, il se voyait, à son âge de vieux, repartir à l'assaut de gens dont il ne savait rien. Tous ceux qu'il avait tués en 17 ressuscitaient pour se venger et il ne pouvait pas les tuer une seconde fois. Il regrettait de ne pas être un des leurs, mort en 17.

Je comprends très bien comment on peut décider de ne pas vivre un jour de plus, juste pour ne pas revoir la douleur. Sylvette, elle, est protégée de ce genre de sentiment, elle possède une armure contre la peur, elle ne me l'a pas prêtée et encore moins transmise, il faut que je me débrouille toute seule. Elle ne sait pas qu'on peut se laisser tomber du haut de sa peur et que la chute est aussi fatale que du haut d'une tour.

Dans le cimetière de Pépé, Sylvette s'est accroupie pour promener son cheval sur le marbre. Maman et Mémé ne s'en rendent pas compte parce qu'elles ont des oreilles qui peuvent entendre les réponses d'un mort enterré, la preuve, elles laissent le temps au mort de répondre en se taisant entre deux phrases. Sylvette se demande à quel âge ça arrive ce pouvoir fou de discuter avec des gens couchés sous des pierres et des croix et aujourd'hui des fleurs en vraie fleur et d'autres en tissu. Elle n'a jamais vu les graines des fleurs en tissu. Ce sont peut-être les boutons des gilets qu'on met dans un pot avec de la terre vraie ou fausse et ensuite, une fleur en tissu pousse et on l'amène à Pépé ou à quelqu'un d'autre. Sylvette a un peu honte de n'avoir rien amené à son mort, ce n'est pas comme ça qu'elle pourra lui parler un jour, il sera fâché que sa petite-fille ne lui ait jamais rien apporté, alors elle attrape un bouton de sa petite veste du dimanche et le coince derrière ses incisives qu'elle fait jouer pour scier les fils qui le cousent à la laine, c'est dégoûtant, la laine fait des petits paquets qui se détachent et se collent à son palais, elle a envie de vomir quand le bouton cède enfin à l'usure des dents de lait. Comme elle est accroupie, c'est facile de mettre un doigt dans le pot de fleurs et d'y glisser le bouton pour qu'il commence sa transformation en une jolie fleur en tissu que Sylvette espère rose fuchsia, hop, elle pousse de son doigt la terre dessus et se remet sur ses jambes pour tenter d'imiter la posture de Mémé et de Maman. Comme elles en ont des choses à lui dire depuis toute une année, que pourrait-elle raconter à Pépé, elle, si elle avait déjà les bonnes oreilles pour discuter avec lui ?

Armand mâche un mégot adossé au mur gris du cimetière. Il maudit le mort d'avoir droit aux larmes d'amour de Simone. Il se rappelle qu'elle portait encore le deuil quand il l'avait rencontrée à la gare Saint-Lazare, flanquée de sa mère. Il avait eu l'impression de voir deux petits animaux tremblant sous le poids de la vie ordinaire, le noir de la robe n'altérait en rien la fraîcheur de Simone, son sourire l'avait décidé : c'était elle et ce serait elle, pour toujours. Il n'avait pas attendu de vérifier s'il plaisait à la jeune fille, il ne lui avait pas laissé le choix. Simone et sa mère avaient eu un bon regard sur ses jambes tordues et à le voir boiter, la vieille avait soufflé « pauvre homme », compatissante, on ne peut pas être mauvais quand on souffre. Elle le savait pour avoir vu son pauvre mari lutter contre la fièvre et la folie.

Je ne sais combien de fois j'ai entendu « pauvre homme » ou « pauvre femme » de la bouche de Sylvette quand j'étais petite. Sylvette a toujours aimé les handicapés, les enfants battus, les vieillards modestes, les très vieilles femmes pauvres qui mettent des chaussettes en laine marron été comme hiver. J'enviais beaucoup les pauvres et les estropiés quand j'étais petite, parce qu'ils avaient droit à une part supplémentaire d'amour de Sylvette, la part de la pitié à laquelle je n'accédais que lorsque je me faisais mal et que ma douleur s'échappait de mes nerfs, comme aspirée par le corps de Sylvette. En une minute, ma douleur lui était transférée et je voyais son visage se contracter. Elle avait mal de ma chute ou de mon écorchure pour de vrai et je n'avais pas assez de mes bras pour la consoler, pour lui dire que ça irait, ce n'était rien. Combien de fois ai-je soigné mes blessures sur le corps de Sylvette ? Je prenais bien soin de me blesser le moins possible pour ne pas lui faire mal.

« Tu crois que je te fais des habits pour que tu les manges ? » Entre les tombes, la gifle s'abat sur la joue de Sylvette. Les larmes froides arrivent en grand nombre pour éteindre la brûlure. « Maintenant il y a un trou, comment je vais faire pour arranger ça ? » Simone a mis des semaines à tricoter la petite veste pour faire honneur à son papa mort et à peine elle a le dos tourné que la gosse la ravage. On ne peut jamais être triste tranquille ! Simone pense que si Papa était encore de ce monde, la gosse n'existerait même pas, on serait bien, comme avant. Sylvette sait bien qu'elle a fait quelque chose de gentil en plantant une graine-bouton de fleur en tissu pour Pépé.

Elle regarde Maman droit dans les yeux parce qu'on ne doit pas parler ni courir dans un cimetière. Elle crache des flammes avec ses yeux noirs : « Baisse les yeux, insolente », mais elle ne baisse pas les yeux, elle lutte. Mémé dit qu'elle n'aime pas qu'on se donne en spectacle et qu'il vaut mieux rentrer. C'est donc ce qu'elles font, petit tas lent dans un cimetière de banlieue. Armand qui n'a pas assisté à l'incident, double la claque par une autre, plus forte, sur la même joue, au hasard. Comme Sylvette a su éteindre ses larmes, elle ne se remet pas à pleurer. « Mais baisse les yeux ! » Heureusement, Mémé a fait des œufs à la neige pour le dessert.

18.

Quand j'ai dix ans, on me fait un passeport pour que je puisse aller sur les côtes du nord de l'Afrique. Mon père rentre nerveux et excité du rendez-vous à la mairie pour finaliser le dossier, je m'attends donc à sa colère puisque sa colère doit bien trouver à s'accrocher à n'importe quoi. Le moindre événement sert toujours de perchoir pour qu'elle s'envole et nous retombe sur la tête, à Sylvette et moi, pluie de météorites ou de fiente selon les jours. « Qu'est-ce qui se passe ? » À dix ans je demande, à trois ans j'aurais fait cravacher ma tête pour trouver toute seule la réponse sans aide. « Tu veux savoir ce qui se passe ? Voilà ce qui se passe ! » Et il me met un papier tamponné tout ce qu'il y a de plus officiel sous le nez. C'est le fac-similé d'un document tapé à la machine à écrire. Je lis les lignes. Marcelle… J… M… Née le 26…

– Alors ça c'est fou ! Il y en a une qui s'appelle Marcelle avec les mêmes deuxièmes prénoms que moi… Et en plus, elle est née le même jour !

– Mais non ! Non ! Réfléchis un peu.

Je sais que quand il faut que je réfléchisse, c'est une invitation déguisée à me mettre en mouvement pour abaisser la colère.

– Alors qu'est-ce que ça veut dire ?

– Je vais te le dire ce que ça veut dire. Ça veut dire que la fille de la mairie, elle s'est trompée quand je t'ai déclarée, voilà ce que ça veut dire. Ça veut dire que depuis tout ce temps tu as un autre prénom, voilà ce que ça veut dire !

– Tu es sûr ?

C'est la faible voix de Sylvette qui se tient les bras ballants dans l'encadrement de la porte.

– Si je suis sûr ! Regarde ! Non pas là, là !

Sylvette est bien embêtée mais ne dit rien de plus. Sylvette ne sait pas quoi faire des mairies et des administrations, elle ne sait pas avoir une pensée les concernant, elle ne sait pas quoi faire avec quelque chose de nouveau qui n'a pas encore été répété par une seule et même phrase plusieurs dizaines de fois. Sylvette attend que mon père dise quelque chose de plus pour mémoriser les phrases et les répéter à l'identique pendant des années. À partir de maintenant, elle pourra raconter l'histoire du passeport chaque fois que la conversation roulera de près ou de loin sur les papiers administratifs. Mais au moment où la nouveauté surgit, elle se fige. Je comprends aujourd'hui qu'elle fait cela depuis toujours, quel que soit le sujet de la nouveauté, papiers, cancer, actualité du monde.

– Je ne laisserai pas ça en l'état. L'officier de la mairie m'a dit, il faut monter un dossier et faire un procès à la République. Et c'est ce qu'on va faire, je te promets que c'est ce que je vais faire !

Ni Sylvette ni moi ne pensons à dire à mon père que c'est un peu sa faute quand même, que c'est lui qui a oublié de relire le document de déclaration le 27, dix ans auparavant. Nous nous tortillons pour qu'il se calme, nous cherchons des arguments.

– Mais au fond, ce n'est pas si grave, sa carte d'identité et sa carte de bus, elles sont à son bon prénom…

– Mais enfin, si elle se marie, elle s'appellera Marcelle officiellement !

– Ah oui…

Je viens au secours de Sylvette.

– Déjà je ne veux pas me marier !

– Tu dis ça maintenant mais tu verras (ça sent la sentence de mort quand il dit cela) et puis c'est une question de principe !

On ne me demande pas ce que je pense de mon vrai prénom. Je sens confusément que mon père jubile d'attaquer la République en justice, il y a là une action rare et grandiloquente dont il se sent probablement digne. Son erreur d'inattention lui donne l'occasion inespérée d'engager des poursuites contre Marianne en personne. Sylvette et moi ne sommes pas concernées par tout ce vacarme. Un an ou deux plus tard, réparation est faite, j'ai désormais un extrait d'acte de naissance raturé, avec « Marcelle » rayé et une mention manuscrite qui me réhabilite.

Oh Sylvette, vois comme nous étions jumelles et comme moi aussi j'ai été mal nommée. Les hommes, Sylvette, il ne faut pas leur faire confiance avec les prénoms des petites filles, ils mettent leur colère dedans aussi et nous en demeurons un peu perdues à nous-mêmes à tout jamais.

19.

J'écoute un message sur mon répondeur. C'est un message de soutien pour Sylvette et pour moi. Mon père n'est pas mentionné. Gigi a parlé à Sylvette et aimerait m'en parler. Souvent les gens qui discutent avec Sylvette éprouvent un élan de parole vers moi, comme s'ils avaient besoin de valider ce qu'elle a dit. Elle a dit : « Je vais très bien mais j'ai quelque chose », alors ils viennent me demander où est le vrai, est-ce qu'elle va très bien ou est-ce qu'elle a quelque chose ? Peut-être ne la connaissent-ils pas suffisamment, ils font confiance à l'adulte qu'ils pensent qu'elle est et veulent juste que je confirme qu'un cancer multi-métastasé permet d'être en excellente santé et même donne l'occasion de renouer avec d'anciennes connaissances. L'ennui avec cette maladie, c'est que c'est quelque chose, justement. Je suis énervée rien qu'à entendre des gens se soucier de la santé de Sylvette, je veux dire de la santé de son corps, j'aimerais qu'on se soucie de sa tête compliquée.

Je réécoute le message. « Bonjour c'est Gigi, j'espère que tu auras ce message, eh bien voilà, c'est pour te dire que j'ai eu ta maman au téléphone et que je l'ai trouvée plutôt combative et en forme, ça n'a pas l'air d'être si grave ce qu'elle a, elle dit qu'elle va bientôt guérir… enfin elle fait preuve de beaucoup de résilience et… »

Je n'arrive pas à aller plus loin. Il me faut du texte et fissa. J'écris une lettre en réponse au message du répondeur, une lettre qui, bien entendu, ne sera pas envoyée.

Chère Gigi,

Tu veux que je t'explique ce que c'est que la résilience ? Tu veux que je te raconte à quel point c'est une arnaque monumentale et que c'est même un business à bourreaux ? Je vais te le raconter à toi, Gigi, ou à n'importe lequel sur ma route me racontera à quel point « tel ou telle a fait preuve d'une résilience magnifique ». Je te promets que je le frappe, avec ma vraie main. Tu crois vraiment que l'humain se débrouille avec son intellect, sa force morale intérieure et trouve à vivre au mieux ? Gigi, tu es un insalubre danger mais ce n'est pas ta faute, tu ne sais peut-être pas que Sylvette est une victime. Je n'ai pas le temps de te l'expliquer et aussi je n'ai pas envie mais je te demande de me croire sur parole. La résilience, ça n'existe pas, personne ne survit impunément, je veux dire, personne ne survit avec ses propres moyens seulement. Il faut payer l'addition un jour. La résilience c'est le mot inventé pour dire que l'addition de la survie ne sera pas payée par la victime mais par quelqu'un d'autre, ou quelques autres, ça dépend, des gens choisis pour payer à la place. Je suis cette personne solvable.

Les victimes ne peuvent pas s'empêcher de s'essuyer sur les autres, je te raconterai un jour une fable avec un jeune homme nommé Armand si tu as le temps. Mais pas aujourd'hui. Laisse-moi égrener des sentences toutes faites, ça me calme, ça me fait du bien de professer. Gigi, prends ta leçon s'il te plaît, j'ai besoin d'enseigner ce que je sais, je suis qualifiée pour le faire. La douleur est une course de relais, on passe au premier faible croisé sur la route. Il ne faut jamais croire les gens qui claironnent qu'ils ont enterré leur noir, que c'est derrière, qu'ils ne veulent pas rouvrir certaines portes, qu'ils ont mis un mouchoir dessus, un verrou dedans, que le noir est bien contenu et qu'on peut poursuivre sa vie, habillé du joli tissu de mensonges de la résilience. Le noir revient, Gigi, il est comme la lumière, il cherche un canal pour sortir en ligne droite, on ne peut pas l'en empêcher. Le noir aime les enfants par-dessus tout parce qu'ils sont toujours prêts à l'accueillir, ils ne s'en méfient pas, ils lui donnent un autre nom, une autre origine, ils le chérissent puisque le noir vient souvent des adultes-dieux-de-leur-vie. Voilà comment se passe le relais, Gigi. Il arrive que les enfants en grandissant rendent le noir à qui de droit, à la victime précédente, qu'ils arrivent à faire cela, à éclater à l'épée du courage la résilience de leur maman, de leur papa, de leur sœur ou même la tienne, Gigi. Et tu sais ce qui se passe ce jour-là ? Le noir se masse en taches sombres sur le corps de celui qui se pensait sauvé pour avoir passé le relais. Tu sais, Gigi, c'est comme dans *Petit Papa Noël*, la maladie de Sylvette, c'est un peu à cause de moi. J'ai entendu la définition de la résilience, ils disent que c'est absorber un choc, intégrer le traumatisme et faire avec, continuer à vivre avec un nouvel équilibre sans devenir fou. Écoute-moi bien, on n'évite pas de devenir fou. Celui qui tient le choc a mis son paquet sur les épaules d'un autre et s'il n'y a pas d'autre à disposition, il suffit de faire un enfant. Chère Gigi, Sylvette va mourir d'un cancer multi-métastasé et tu sais, je travaille dur pour que cette mort devienne douce.

20.

J'aimerais m'inquiéter de Sylvette comme avant, quand j'étais petite. Ô toi mon amour qui me ramenais dans tes bras les plus belles choses de ton enfance pour me les offrir en bouquets trop bien ordonnés, les fleurs de ton jardin, la rue en terre sans voiture où tu pouvais jouer sans surveillance, ô tout cela qui emplissait la nuit mon puits de larmes sans que je sache bien pourquoi. J'ai vidé tout l'amour dont j'étais capable dans le trou et ça n'a servi à rien. Je suis séchée à jamais et je pars à la recherche de mon amour pour toi, je me souviens si bien comme il m'a terrassée dès les premiers jours de ma vie, je me rendais compte que rien ne pourrait dépasser les sentiments de plénitude, de joie, de morsure au ventre et de vie qui me traversaient dès l'entrée. Tu m'attendais depuis si longtemps pour me donner tout ce que tu avais patiemment accumulé, pour laver à grande eau de don le trou noir creusé par ceux qui t'avaient faite. Cette passion à nous deux dans la maison quand nous y étions seules, savais-tu seulement qu'elle ne pouvait pas durer ? Que j'allais nécessairement grandir et te quitter ? Je n'en suis pas sûre. Je crois que tu as souffert mille morts quand j'ai commencé à t'éduquer à mon départ, en partant peu à peu le soir, en te parlant à mon retour de tous ceux du dehors et de leur appel pour que j'aille à eux. En te disant à quel point je me donnais à leur appel. Tu as commencé à devenir méchante, à me traquer, je n'avais pas compris ta peur d'être seule à nouveau sur le tapis, mais il fallait bien que je parte. Je me souviens de chacun de tes mots cruels, tous je m'en souviens. Quand j'ai fait l'expérience de les rapporter à d'autres plus tard, ils ont pensé que j'affabulais parce qu'« une mère ne dit pas ça ». Comment leur expliquer que ma mère avait cinq ans et que les enfants de cinq ans testent les limites de leur méchanceté en lançant des phrases à voix haute, comme on dit à son nounours qu'on va le tuer avec un couteau ? Tu avais réussi ce tour de force qui m'impressionne encore aujourd'hui, faire que les gens disent à mon propos la même chose que toi : que je mentais.

21.

Simone se dit que la petite est infectée par la maladie de tout casser, « voilà ce qu'elle tient de son père, regarde-moi ce travail, les mailles sont écartées, je vais mettre un bouton plus gros pour cacher le trou et agrandir la boutonnière, hein ? » Silence, silence, Sylvette ne reconnaît pas les phrases qui s'adressent à elle, elle ne répond pas, « même la petite ne me parle pas », pense Simone, alors elle se fabrique un interlocuteur en chantonnant.

Les chansons sont un peu comme des gens qui viennent vous visiter pour prendre de vos nouvelles, *le jour tombe, ma joie s'achève, tout se brise dans mon cœur lourd, je suis seule ce soir avec ma peine, lalalalala*, tout se brise ça oui, les chaises, les gilets, mais toi mon joli, tu es solide, aucune chance qu'il arrive à te casser. Il faut regarder Simone debout qui chantonne et recoud le bouton. Elle parle à son buffet donné par sa maman pour le ménage, pour le mariage, celui qu'elle a toujours connu quand elle était petite, avec sa lourde plaque de marbre noir, mouchetée de baisers imaginaires, le même marbre que sur la tombe de son papa chéri, elle vient de s'en apercevoir, son buffet planté dans sa solidité qui l'impressionne.

Elle pose le gilet sur le marbre froid alors que le bouton n'est pas encore tout à fait recousu et elle caresse son buffet, « toi tu es là », Sylvette du tapis dit : « Oui, je suis là », Simone ne s'adressait pas à elle, cette gosse, elle ne comprend jamais quand c'est pour elle et quand ça ne l'est pas. *Je suis seule ce soir* chante Simone de plus belle pour que la petite finisse par comprendre qu'elle ne compte pas, que tout est cassé et que c'est trop tard, que Sylvette sur le tapis, au bout du compte ça donne la même solitude à Simone. Cette chanson-là, l'enfant a fini par l'apprendre par cœur à force de l'entendre toute la journée depuis des mois et elle reprend avec Simone, de sa petite voix fausse et jolie comme une clochette, *je suis seule ce soir avec ma peine, j'ai perdu l'espoir de ton retour…* Simone, elle, chante pour le buffet, elle aurait dû se choisir une autre chanson qui dirait comme elle l'aime son bloc de bois et de marbre qui ne se brise pas. *Je suis seule ce soir*, elle ouvre la porte de son meuble pour lui fabriquer une bouche et la fait jouer en avant et en arrière pour que ça ressemble à l'articulation des mots de la chanson, ça fait beaucoup rire Sylvette et elle chante encore plus fort, *je suis seuuuule ce soir*, et on dirait que c'est le buffet qui chante et que la porte c'est sa bouche, ça c'est vraiment drôle, mais le petit cheval de bois n'a pas de bouche articulée, il ne trouve pas ça drôle, elle en a de ces idées Maman, comme ça d'un coup. Je me demande si les autres mamans ont des idées comme ça.

Je crois que là, c'est moi qui parle.

Et pendant qu'elles font une chorale avec un meuble, Armand à l'usine répond à Simone dans sa tête en s'enfonçant dans Marie : « Tu vas voir, je vais finir par te tuer, tu vas m'aimer, tu vas m'aimer salope. » La traînée de fille du patron a dû entendre ses pensées, elle susurre un « je t'aime » étranglé de secousses. « Toute la vie ensemble. » Elle fait parler son bassin qui appuie une force démesurée sur le ventre d'Armand, elle lui fait mal avec ses os pointus. Au-dehors, les gars savent ce qui se passe, ils n'ont pas compris que la fille du patron choisisse l'estropié, c'est comme ça les femmes, parfois elles font tout comme on doit faire, elles sourient à ceux qui ont de l'argent, à ceux qui ont une voiture et ont déjà voyagé dans les autres pays, et puis parfois elles font des choses qu'on ne comprend pas comme préférer le malingre. Les gars qui se sont dit qu'ils pouvaient prendre leur ticket dans la file d'attente du corps de Marie s'y sont cassé les dents. Les blagues ont bruissé sous le bruit des machines « C'est un cheval qu'il a dans le pantalon Armand, c'est pour ça que ses jambes n'ont pas tenu le coup, elles se sont effondrées sous le poids de l'engin, hé, Armand, tu la ranges où ta brouette, ça doit peser un tel braquemart, il a trois jambes Armand, il n'y en a qu'une qui marche et il s'en prive pas de la faire marcher, hein mon cochon ! »

Je viens de fermer ma fenêtre, le brouillard qui tombe est glacé, je suis seuuuuule ce soir, tu es mon chéri, mon buffet à secrets, toi tu y étais quand je suis née dans la maison de Papa et Maman, avant que Papa devienne fou, toi, j'ouvrais ta porte pour me mettre tout au fond de ton noir, personne ne peut être aussi solide que toi et *pourtant je t'aime encore et pour toujours, ne me laisse pas seule sans ton amour*, mon fort, comme elle rit la petite, comme elle ne sait rien de notre histoire, à moi et à tes tiroirs, mon chéri. Je vais lui demander ce qu'elle en pense, on va bien voir.

– Tu ne trouves pas qu'il ferait un bon papa ?

– Qui ?

– Lui !

– Bah il ne parle pas ! C'est le buffet !

– Et ton père tu crois qu'il parle plus, peut-être ?

Ce qu'elle peut être idiote cette gosse.

22.

Congé thérapeutique. La maladie, contre toute attente, a arrêté sa progression. Sylvette m'appelle pour me raconter le miracle. « Je suis en vacances ! Je suis en vacances ! » Si occupée à s'attribuer les mérites du prodige, elle n'entend pas que je ne me réjouis pas de la nouvelle. De mon côté de la vie, de mon côté du téléphone, elle ne sait pas que j'occupe mon temps à parler d'elle, à poser ce récit difficile. « Tu as quand même le droit de m'appeler », elle crache. Évidemment, je ne dis rien, elle tomberait dans une telle terreur si elle savait que je m'occupais aussi d'Armand. Peut-être mourrait-elle de peur comme son pépé et ce serait trop facile.

Armand est mort depuis longtemps, il est mort quand j'étais enfant. Je n'ai jamais vu Armand, je l'ai déjà dit. Il était interdit pour ainsi dire. J'ai appris très tard qu'il vivait tout près de notre maison, dans une ville proche, à quelques coups de RER. J'ai toujours écouté avec un intérêt piqué les récits le concernant, je veux dire les récits autres que ceux de Sylvette, les récits crédibles de ceux qui l'avaient connu, même de loin. De Sylvette, je n'avais que des bouts de définition : « mon père était méchant », « mon père buvait », « mon père était joyeux quand il avait joué toute sa paye ». Des images d'Épinal d'homme alcoolique en somme. Quand j'ai pu lire des livres, je me suis dit qu'Armand était vraiment comme les pauvres de la littérature, qu'en fait ils avaient raison les écrivains, puisque toutes leurs descriptions ressemblaient aux phrases laconiques de Sylvette qui était ma source et ma joie. Plus tard, j'ai compris que Sylvette avait cherché dans les livres une façon standard de parler de son père, qu'elle avait cerné une sorte de représentation collective du déchet dans les romans, une imagerie clinique et que cela lui permettait de transformer ses phrases sèches en signes compris immédiatement par son interlocuteur qui ne demanderait rien de plus, voyant parfaitement le tableau. Trompe-l'œil, cela va sans dire. Sylvette a réussi magnifiquement à cacher Armand sous un tas de phrases creuses.

Je commence à comprendre que le trou est aussi fait de mots qui ne sont pas les bons, des mots qui dissimulent la vérité. Je remets les mots à l'endroit même si je raconte des choses fausses, l'important n'est pas l'événement, c'est la phrase qui le relate et à l'instinct je sais que ma phrase est juste.

Comment raconterais-je Armand que je n'ai jamais vu si je devais l'aplatir sous un récit et, à la manière de Sylvette, en faire un lieu commun ? Quel personnage de quel livre serait-il ? Je crois que je ferais comme elle, je le ramènerais à une seule caractéristique. Après l'*Alcoolique* raconté par Sylvette, j'écrirais le *Polio*, démonstration imparable qu'un enfant traumatisé par la maladie devient un monstre et que les choses sont élémentaires dans le fond, une cause, une conséquence et basta. Je raconterais le lit de fer, les sangles qui forcent les jambes à reprendre la ligne de la normalité, les yeux des nonnes, leurs costumes sombres. Et les gamins valides qui étouffent leurs rires en présence des sœurs sévères qui, sous la houlette de Jésus, poussent les enfants vers la mort dans la nuit de l'hospice en resserrant les sangles, en les battant. Je dirais qu'elles accusent toujours les maladies quand la mort passe prendre les plus faibles : Barnabé, Georges, le petit Fernand. Je raconterais comment Armand de sept ans a vu les parents des cadavres remercier les tueuses pour leurs bons soins, leur dévouement et leur Père-priez-pour-nous. Je raconterais ce que j'ai peut-être entendu mais dont je ne suis pas sûre, les fenêtres ouvertes en grand sur ordre des nonnes chaque nuit de Noël pour laisser entrer le petit Jésus qui guérirait les jambes et si c'était la fièvre qui venait à la place du divin enfant, c'est sûrement qu'Armand n'avait pas bien prié, car c'est à genoux qu'on implore mais les jambes sanglées interdisaient à l'enfant d'être sauvé. Qu'importe, il faut laisser venir à Lui les petits enfants et le vent de décembre passait en ramasser certains dans son chariot de fièvre, il en mourait chaque année à la Saint-Sylvestre, conclusion logique du don de Noël qui délivre de la maladie et libère un lit pour un nouveau malade. « Il y a tant et tant de misère, nous faisons de notre mieux ! », disaient-elles aux parents des cadavres, l'air contrit. Je crois que c'est comme ça que je raconterais Armand dans les années 1920 et une fois que j'aurais fait cela, il me resterait Sylvette issue de cet homme-là et alors je détruirais ma tentative d'explication, de justification. Je me dirais : « Dommage, il était solide le salaud, il a résisté aux fenêtres ouvertes et aux mauvais traitements. »

Je ne sais pas où Armand est enterré. J'ai la tentation de le demander à Sylvette tant que je peux encore le faire. Je l'appelle et renonce à l'interroger en entendant le ton enjoué de sa voix. Elle est contente, elle a pris deux kilos, donc elle pèse en ce moment trente-six kilos. « Je suis stable ! »

Oh ça, je le sais.

23.

Quand j'ai dix-huit ans, Sylvette sait que mon départ n'est qu'une question de mois (d'années dans le meilleur des cas pour elle). Elle a compris que je ne m'adonnerais plus jamais à nos heures enfermées et que tout s'est inversé : contrairement à l'époque de mes quatre ans, je préfère manger à table, dormir dans mon lit et j'attends avec impatience le retour de mon père après ses longues semaines au loin pour qu'il s'occupe enfin de Sylvette et me permette de faire autre chose. L'expression ne se dit pas à l'époque, mais j'ai la sensation que lui et moi avons mis en place une garde alternée. Quand c'est ma semaine, Sylvette me traque : le rangement, la cigarette, l'emploi du temps qui change et qui ne devrait pas changer si j'étais fiable. « Tu as dit que tu sortais ce soir et finalement tu ne sors pas ! On ne peut pas te faire confiance. »

Sylvette occupe ses journées d'une nouvelle manière depuis que j'ai commencé à la quitter. Imbibée de sa rage de ne rien pouvoir faire pour me retenir, elle décide de faire place nette, elle entreprend de casser tout ce qui a été nous puisque, selon elle, je n'en veux plus. Frénétiquement, elle trie, elle jette, elle se débarrasse de tout ce qu'elle peut, elle exhibe les lettres d'amour que je lui écrivais à huit ans, elle me les déclame par cœur, « c'était l'époque où tu faisais des poèmes sur la lune, pas où tu écrivais tes trucs noirs, ce n'est pas comme ça que tu réussiras », c'était bien entendu mieux avant, quand j'étais pure du monde et lavée chaque jour à l'eau de son amour fiévreux. Je me fâche, elle dit que je suis née pour lui faire du mal et de plus belle, elle retourne à son « petit rangement ». Elle veut que je fasse un « petit rangement » aussi, elle veut qu'on retire cette armoire, cette bibliothèque, cette chaise, cet objet qui ne sert à rien, elle dit qu'elle veut faire le vide.

Bien entendu, à remuer toute la journée les objets qui nous fabriquaient depuis si longtemps un décor quotidien, Sylvette ne fait aucun vide, au contraire, elle peuple l'air de bruit, de déplacements et de rancœur, tout un bazar angoissant qu'elle contemple ravie le soir venu. « J'ai bien avancé dans mon petit rangement. » Bien plus tard, quand j'aurai fui loin d'elle, elle me téléphonera des monologues de petits rangements pendant des années, qui seront rejoints par des listes de nettoyages : « j'ai lavé tous les rideaux, c'est bien propre », « j'ai fait le tri des vêtements, j'ai tout relavé », « j'ai demandé à ton père des étagères et j'ai acheté des jolies boîtes pas trop grandes pour tout mettre dedans ». Et puis un jour, ce sera le cancer et les listes de mise en ordre du trou noir deviendront des listes de repas mangés ou non.

Je sais par ces heures d'écoute de listes que celles-ci sont faites pour oublier tout ce qui n'y figure pas, c'est une incantation d'oubli. Chaque mot inscrit sur le papier crucifie et efface un autre mot et surtout la réalité qu'il désigne quelque part dans l'existence de celui qui dresse son inventaire personnel. Je crois qu'il faut beaucoup se méfier des êtres qui listent leur vie, l'ombre du gouffre est plus dense chez eux que chez les autres, ils entraînent le monde avec eux, catégorisé par tirets. Ils sont dangereux.

Sylvette reste l'enfant que j'ai toujours connu, elle ne déplace pas l'armoire elle-même, elle ne démonte pas la bibliothèque toute seule, elle attend que mon père exécute son souhait et trépigne et râle parce qu'il ne rentre pas assez vite pour obéir à ses désirs. Pour tromper le temps, elle se passionne pour les appareils ménagers minuscules, un petit aspirateur, un petit grille-pain, on dirait qu'elle joue à la fois à Blanche-Neige qui fait le ménage et aux nains qui ont des petits objets adaptés à leur taille modeste. Je ne comprends pas qu'elle voue un culte aux appareils pour adulte en taille enfant. Elle essaye de réduire le monde pour le mettre à genoux et le dominer, elle transforme patiemment notre maison en maison de poupées. Je crois que je vais y passer, je serai bientôt minuscule dans le creux de sa main et elle me déplacera de pièce en pièce, selon son envie. Mais je n'ai pas confiance en mes pensées à dix-huit ans alors je préfère me dire que son obsession à repeindre la maison en blanc est juste le symptôme logique de l'ennui d'une femme au foyer. Quand mon père rentre avec sa colère toujours fraîche, il crie et gronde mais va jeter les livres, déplacer les armoires, peindre en blanc les poutres de la cuisine en disant très fort « non » mais en s'exécutant quand même.

Je ne me rends pas compte que c'est sa propre façon de réparer sa Sylvette, car à l'époque je crois encore ce qu'elle m'a enseigné : « Les hommes ne comprennent rien. »

À dix-huit ans, je suis une croyante pas encore débaptisée de l'église de Sylvette. Je ne donne pas de sens à ces gestes qu'elle nous impose compulsivement. Il faudra que sa mort approche pour que je me souvienne de ce moment et que je comprenne clairement que le trou noir était revenu déployer sa possibilité de dévoration parce que je voulais quitter la maison et qu'elle s'apprêtait à affronter la solitude et les fantômes sans enfant à ses côtés pour faire barrage. J'avais grandi, abandonnant sans le savoir ma fonction de bouclier et finalement, ce n'était pas si bête de repeindre tout en blanc pour effrayer le noir du gouffre. Que de mépris j'ai jeté au visage de Sylvette alors qu'elle était si puissante dans sa résistance. Mon humilité arrive trop tard.

À cette époque, j'ai d'autres choses à faire dans le monde que de prendre garde aux petits rangements de Sylvette. Sa rage ne s'est pas affaiblie et elle me crache sa haine dès qu'elle sent que j'échappe à son projet de fabriquer une maison propre de souvenirs sombres. « Tout le mal que je te souhaite, c'est d'avoir une fille comme toi. » Les parents haineux s'exposent à une fureur qu'ils ne mesurent pas. Je n'ai pas frappé son visage à cette époque mais je sais ce qu'elle ignore encore aujourd'hui : elle risquait gros à me pousser ainsi au bord de la folie, la vraie, celle qui fait baver de la bave. À la même période, des jeunes hommes de mon entourage vivaient cela aussi avec leurs pères, seulement chez eux les coups n'étaient pas retenus et ils se retrouvaient dehors sur le trottoir à rechercher un lit pour la nuit ou pour toujours chez l'un ou l'autre d'entre nous. Ce qu'il en coûte de n'avoir pas été un œuf dans le corps de son père…

La vie infernale que m'impose Sylvette quand je rentre à la maison me pousse à chercher les moyens de partir. Je ne cherche pas autre chose qu'un homme pour me tirer de la violence de Sylvette et à y penser, je ne pouvais pas mieux choisir pour la terroriser. À dix-huit ans, je tombe sur un Armand de vingt-deux ans. Il ne boite pas, il ne boit pas, il ne s'appelle évidemment pas Armand. Je ne m'aperçois pas que le fin fond de mes cellules l'a reconnu, je crois sincèrement que je tombe amoureuse d'un jeune homme rigide et sévère parce que sa rigidité et sa sévérité en font quelqu'un de fiable, je parle comme Sylvette. Je vais voir à quoi ressemble le fond du trou, je suis aveugle, je ne sais pas que je me dirige vers cette chose folle : aimer un Armand. En réalité, ce n'est pas du tout une chose folle ni même intéressante, c'est une provocation pour me venger de Sylvette même si je ne m'en rends pas compte sur le moment.

Évidemment, ça se termine par des coups de pied dans le ventre qui me font rentrer chez mon père et Sylvette, mes affaires sous le bras, car c'est ce que font les Armand quand ils s'aperçoivent que la réalité contrarie leur désir de possession et qu'ils ne savent plus ranger ce qu'ils ressentent dans la bonne boîte. Les Armand n'ont que deux boîtes à leur disposition pour vivre l'intégralité de l'existence d'un homme : « je tolère », « je détruis ». On peut les voir dès l'enfance terroriser leurs parents qui se mettent à vivre sur la pointe des pieds pour ne pas leur présenter de situations trop subtiles qui les rendraient presque fous, envahis par une masse lourde d'informations trop fines, glaise compacte de vie de laquelle ils ne peuvent déduire aucune forme, rien. Il faut voir certains enfants et leur furie folle quand la frustration déborde leurs deux boîtes. Sylvette, elle, essaye de faire avec ses boîtes. Quand j'étais enfant, elle rangeait ses pensées et ses émotions dans une seule boîte qui ne prenait pas trop de place : moi. Quand j'ai dix-huit ans, elle anticipe mon départ afin de trouver de nouvelles boîtes pour déposer son cœur, mais celles en vrai carton qu'elle rapporte des courses sont décevantes car elles ne lui tendent pas deux petits bras éperdus.

Mon éducation est achevée par mes soins : j'ai enfin senti dans ma peau ce qu'il en coûte de se frotter aux hommes de possession, j'ai joué la vie côté Simone pour voir. J'ai essayé de vénérer la force. L'idée qui planera sera celle que je l'ai bien cherché. Mon père ne dira rien non plus. Je me débrouillerai toute seule pour pousser la porte d'un commissariat.

24.

J'ai mis du temps, beaucoup de temps mais j'ai fini par comprendre ce que j'essayais de faire avec ce livre. Ce n'est pas un livre de deuil car les livres de deuil, les élégantes oraisons, les éloges et délicieux Tombeaux du Grand Siècle ne peuvent s'écrire qu'après la mort de celui ou de celle dont on honore la mémoire. Le vivant doit avoir fait de la place pour que le portrait soit saisissant, d'ailleurs on détecte tout de suite les nécrologies rédigées du vivant du mort, cela ressemble à un catalogue de dates et de points saillants articulés ensemble par des lieux communs fades. L'artifice est palpable et l'émotion absente, le petit supplément de mort véritable fait toute la différence.

Sylvette n'est pas morte et ce livre se fabrique de son vivant, c'est tellement important que ce soit le cas.

Elle ne sait rien du sujet de ce livre, elle ne me pose pas de questions sur ce que je fais de mes journées car les listes de nourriture, de médicaments et de symptômes prennent toute la place et dévorent nos faux échanges. Je crois que Sylvette a peur de ce que je pourrais écrire et elle ne connaît qu'un moyen de négocier la peur : éviter le sujet, raconter une fable, occuper l'espace avec des petits rangements, des souvenirs, des phrases toutes faites. Je ne la torture pas, je ne cherche pas à faire planer le doute sur l'objet de ce livre, je ne lui dis pas non plus que depuis des mois je passe mes heures avec elle, les heures d'aujourd'hui, les heures de mon enfance et les heures de la sienne où ma cellule primitive s'imbibait de sa vie. Elle trouve évidemment que je ne téléphone pas assez, que je ne lui rends pas suffisamment visite, il suffirait que je lui dise à quel point je recommence à consacrer ma vie à ce qui reste de la sienne, il suffirait que je lui dise que j'ai décidé de parler… Mais je renonce. On ne peut pas forcer quelqu'un à guérir, ni à affronter la vérité, on ne peut pas convaincre quelqu'un que la honte n'existe que par le silence. Et je pourrais allonger la liste de ce type de banalités à l'infini mais j'ai mieux à faire, je dois poursuivre ce livre compliqué.

Je crois que je fais comme Sylvette. Je range l'au-delà. Je le nettoie, je le prépare, comme une femme de chambre mal payée pour faire à des clients des nuits plus douces. J'essaye de faire descendre Armand et Simone des cieux, de n'importe quels enfer ou paradis auxquels Sylvette croit dur comme fer. Je crois que Sylvette ne meurt pas pour ne pas les rejoindre, je crois qu'elle a si peur d'eux qu'elle reste là, de notre côté de l'existence. Je me dis que tant qu'elle est vivante, c'est que le livre a échoué. Je sais que c'est terrible d'écrire cette phrase. Je voudrais enfermer Armand dans le texte définitivement et pour toujours, je voudrais le chasser du ciel pour que Sylvette puisse aller y jouer sans moi. C'est cela que je fais, même si je dois inventer ce que je ne sais pas, même si je dois raconter comme Sylvette une fable, une fable au plus vrai, à l'instinct de mon passé d'ovocyte gigogne.

Sylvette, je vais laver l'Éden, je le fais péniblement chaque jour à ma table. Tu as séché mon amour pour toi et je n'arrive pas à te tenir la main, mais laver l'Éden, Sylvette, je le fais et je vais essayer de réussir.

25.

À la fin de la vie de Simone, j'ai vu Sylvette lui rendre visite plusieurs fois par semaine, ce qu'elle ne faisait pas quand j'étais enfant, occupée à tenir bien fermées les portes de notre royaume. À l'époque des derniers mois de Simone, j'avais depuis longtemps déjà quitté le tapis puis la maison, mon père était à la retraite et avait repris ses droits sur son foyer vidé de moi. J'avais des choses à faire, tellement de choses à faire, comme en premier lieu oublier l'enfant de cinq ans qui m'avait amenée miraculeusement aux portes de l'âge adulte sans que je me tue. Je ne me suis pas souciée de la mort de Simone, ni même de Simone, et je n'ai aucun regret à ce sujet. Sylvette me racontait au téléphone parfois ce qu'elle avait ramené de ses entretiens méthodiques avec sa mère. Elle m'assurait que Simone était ravie de parler, qu'elle aurait dû enregistrer les conversations.

Sylvette faisait parler la Simone « d'avant ». « D'avant quoi ? », je jouais à la psychanalyste au bout d'un fil rompu. « Bah, d'avant tout ! D'avant mon père, d'avant la guerre… » (Je pense « tralalalère ») Elle parle de son enfance ! De quand elle était petite ! Jouissance de la litanie, je pense aussi.

Sylvette faisait sous les yeux de tous cette chose inouïe qui ne semblait choquer personne, elle allait chercher l'enfant-Simone de cinq ans pour s'en faire *in extremis* une camarade de jeu. Elle était capable de cela, ressusciter en chacun l'enfant de cinq ans, le siffler pour le faire venir au pied. Ensemble, elles évoquaient Pépé, le papa chéri de Simone mais pas question de reparler de la folie et de 14, non, on a dit : « On raconte le joli, le merveilleux, savais-tu que c'était un homme lettré, qui travaillait dans les livres ? » Je l'entendais me dire cela avec insistance pour que je voie dans cette généalogie l'origine de mon envie d'écrire. J'étais révoltée à l'idée de ce carnaval, je les voyais les deux, l'une au lit et l'autre à son chevet, comme ce que j'avais pu imaginer de leur maison, l'une debout et l'autre sur le tapis, à se raconter qu'avant Armand il y avait eu un papa gentil et une maman merveilleuse, que tout ça, c'était la faute à la polio, j'imagine que jamais elles ne l'évoquaient directement, peut-être disaient-elles « ses jambes ».

À d'autres personnes venues la visiter à la même époque et qui me l'ont rapporté, Simone ne racontait en boucle qu'une seule chose : son Armand si beau, si doué, si merveilleux. Quand je l'ai appris, je ne suis plus jamais allée voir Simone et je ne voulais pas assister à son enterrement. Sylvette m'a demandé de venir quand même. J'ai obéi.

Je pense à cela car je discute au téléphone avec une infirmière de soins palliatifs qui est venue voir Sylvette pour l'éduquer à mourir. Je m'entends m'écrier : « Vous perdez votre temps, elle ne veut pas mourir ! » Je suis étonnée qu'elle prenne au sérieux l'absurdité de ma phrase. « Elle est effectivement très ambivalente. Elle m'a confié avoir des choses à raconter avant… » Je termine la phrase dans ma tête : avant Armand, avant le noir, avant la guerre…

« Avant la fin. »

Je me dis que peut-être les magazines et les amis bien intentionnés avaient raison et que j'avais tort de douter, quand la mort arrive vraiment, on est dans le vrai. Sylvette n'est pas Simone, Sylvette va parler. Je réserve un train et je lui propose de me mettre à sa disposition pour entendre ce qu'elle voudrait déposer (je pense « avant la fin », mais je ne le lui dis pas sous peine qu'elle refuse ma visite). Sur le trajet entre la gare de ma banlieue chérie et la maison qui fut le plus grand royaume d'amour et de liberté inquiétante que cette pauvre ville ait connu, je me répète que je ne demanderai rien à Sylvette, ni pourquoi elle souhaite parler ni de quoi, je ne demanderai pas de dates, de lieux, de précisions, je ne demanderai pas pourquoi elle a cinq ans, je ne lui dirai pas que je pense qu'elle a cinq ans, je ne lui dirai pas que je l'aime car je ne l'aime plus, je ne lui proposerai pas un verre d'eau ni d'appuyer à sa place sur le bouton de la manette qui donne une dose supplémentaire de morphine, je ne dirai rien ou le moins possible. Peut-être que le corps extrêmement dégradé de Sylvette aura enfin chassé l'enfant ; qu'il n'y trouvera plus sa place. Je me prends à rêver de rencontrer Sylvette adulte pour la première et peut-être dernière fois de ma vie et, qui sait, de la sienne.

Quand j'arrive dans la maison, je vois Sylvette de cinq ans qui dort dans le lit médicalisé.

26.

Sylvette de cinq ans dort dans le lit en fer, contre le mur, face au lit de Papa et Maman dans l'unique chambre de la maison. Le mur froid lui souffle des secrets qui s'insinuent par ses cheveux jusque dans son ventre. Ils ne descendent pas plus bas car, même au fond du sommeil, elle sait que les jambes, ça cause des problèmes, comme celles de Papa. Dans son rêve, les jambes sont fortes, ce sont les jambes du petit cheval qui est en train de gagner une course démente. L'ombre du grand lit sur lequel est née Sylvette la couve. Ni la fumée du mégot ni sa lumière faible qui dit la place d'Armand dans le lit parental ne la réveille.

Armand mâchonne sa rancœur, son obsession est pauvre. Il veut Simone pour lui tout seul et retrouver son amour, le premier et le dernier pour toujours. Cette nuit-là une nouvelle idée s'invite dans la boucle de sa pensée malade. S'il tue la gosse, il ira en prison ou même à la guillotine, et alors Simone ira dans d'autres bras et il sera déjà mort et il ne pourra donc plus la tuer de ses propres mains. Depuis quelque temps, Simone boude, elle ne veut plus qu'il la grimpe et ce n'est pas aussi bon quand il doit la forcer de toute la force de ses bras, car bien entendu ses jambes ne peuvent pas l'aider. Le mégot troue doucement le drap, Armand écoute le souffle de Simone, elle s'est endormie en lui tournant le dos pour lui faire du mal et le fuir.

Et voilà que les monstres du lit d'hôpital s'invitent dans sa tête… Cinq ans sanglé aux montants de fer, torché grossièrement par les sœurs qui se réjouissaient de ses constipations douloureuses parce que ça leur faisait moins de travail, les autres gamins valides se succédant aux heures creuses pour venir lui pisser dessus et qu'il se fasse corriger plus tard par les soignantes aux ventres secs. Comment dormir trempé de la pisse des autres, ceux qui peuvent courir sur leurs jambes d'enfants ? Leur seule ressemblance à tous ceux-là, les tuberculeux, les polios, les scorbutiques était leurs crânes tondus pour éradiquer la vermine qui se nourrit des têtes des enfants malades.

Je les entends de nouveau : « Attention au pathos, tu ne trouves pas que ça fait un peu cliché, là, ton hôpital avec les méchantes religieuses ? » Non. C'est un cliché quand les normaux essayent de le raconter de loin, quand ils s'imaginent qu'on peut travailler dans une usine avec des jambes tordues et être plein de nobles sentiments exprimés dans la langue du cœur lors de confidences nocturnes à la femme aimée. Je ne suis pas issue de gens qui savaient parler, je ne suis pas issue de gens éduqués. La misère rend méchant et bête. La bêtise rend pauvre. Je n'irai pas trahir cette vérité-là. Je n'essayerai pas. Je voudrais avoir le pouvoir de Sylvette de faire revenir à la vie les enfants de cinq ans, comme Jésus Lazare, de faire qu'Armand se lève et marche tout droit, je voudrais étreindre le petit Armand de cinq ans, appliquer tous mes doigts sur son crâne rasé, attraper son grand nez pour lui faire chaud puis garrotter son cou où la haine pompée des jambes débiles passait à un débit si fort qu'elle refaisait la forme de sa tête, une forme de trou noir qui nous ferait tous tomber dedans le moment venu.

Le lit conjugal s'oppose au sommeil. Armand entend Sylvette parler en dormant… *Seule ce soir… ma peine…* Que lui raconte donc Simone toute la journée ? Sûrement qu'elle se plaint de lui, *je suis seule mmmh soir…*

Armand se lève puisque rien ne l'attache au lit. Pourquoi est-ce qu'il continuerait à se laisser martyriser par les enfants valides ? Sylvette est de leur race qui chantonne la pauvre vie de son père. Tu es seule ce soir, petite garce ? Ne crois pas ça, je veille, il pense, penché sur son enfant qui n'est pas le sien mais un spécimen de la race des enfants, méchante race, les enfants. Les dernières cendres du mégot tombent sur l'épaule de Sylvette qui dort. Armand à tâtons trouve le cheval de bois né d'un bon jour où il avait voulu être gentil. Voilà comment elles payent quand on essaye de leur plaire, les enfants, les femmes, même Marie qui veut juste être culbutée.

Toutes, elles veulent juste être culbutées.

27.

Je la regarde sur son lit médicalisé. Sa maigreur ne me provoque pas de sentiment particulier, en revanche elle m'intéresse. Je prends le temps de regarder la fonte des muscles, de détailler ce que je reconnais du squelette et du nom des os qui le composent sous la peau qui coulisse dessus, voile à peine assez opaque et jauni pour ne pas mettre en lumière ce qu'il devrait dissimuler. Les survivants survivent. C'est monstrueux.

Sylvette somnole sous l'effet de la morphine que son cathéter lui délivre continuellement et parfois elle ouvre les yeux brutalement pour me fixer. Je la regarde sans parler et sans baisser les yeux, je me concentre pour tenter une pauvre télépathie : « Parle, parle, parle enfin, raconte enfin avec tes mots (j'ai failli écrire "avec tes morts") à toi. » Sylvette a dû entendre quelque chose de ma transmission de pensée, car j'ai aussitôt mal à la tête. Elle me désigne une boîte rouge, au sol, d'un doigt ressemblant à une branche de marronnier en hiver. C'est presque trop beau, c'est presque comme dans un film. Dans la boîte, je trouve des morceaux de tissu, des bouts de papier, une photo. Mon estomac chute à l'étage des jambes, si j'habitais encore en Angleterre, ma terre d'accueil en qualité de réfugiée maternelle, je dirais *an evidence*, la preuve incontestable de ce que j'avance obstinément depuis des années. Sylvette a mis elle-même cette photo dans cette boîte qu'elle me demande d'ouvrir, je ne l'ai pas poussée à le faire. Je voudrais des témoins à cette scène mais il n'y en a pas.

Sur la photo, Sylvette a cinq ans. Elle a choisi une photo d'elle à cinq ans, je me fais confirmer l'année qu'elle me livre sans hésitation ni confusion : 1950. Moi qui me les étais figurées l'une debout et l'autre à terre, forcément cernées des quatre murs de la maison, l'image me donne une autre perspective. Sylvette s'avance vers l'objectif, je pense que la personne qui prend la photo est un adulte à genoux, je pense que c'est Armand car Sylvette est en plein milieu d'un mouvement d'amour et de défi. À l'arrière-plan, Simone est debout et surveille le visage de celui qui prend la photo, elle a l'air terrorisé de ceux qui anticipent la brutalité à chaque seconde, qui y répondent avant même qu'elle apparaisse. Il faut faire un effort pour regarder l'image en totalité, pour ne pas la morceler tant ce triangle de gens dont deux seulement sont visibles envoie du noir à travers le temps. Le décor est le trottoir de terre devant leur pauvre maison de banlieue.

Sylvette me dit du lit : « C'est moi », et je sais qu'elle ne dit pas cela pour me dire que l'enfant sur la photo, c'est elle en 1950, non, elle dit : « C'est moi » au présent, et peut-être n'a-t-elle jamais eu autant cinq ans que là, pesant trente kilos de chair mourante sur un lit médicalisé au matelas anti-escarres en plastique vert. Je vois ses yeux, je regarde la photo, je peux superposer l'enfant et la gisante. Il n'y a pas de rupture de l'image, pas de changement entre la photo et le visage du presque cadavre ni entre le presque cadavre et la photo. Je pourrais faire cette boucle à l'infini pour jouir une fois encore comme à l'époque, ici, dans notre maison de fête où je me trouve au chevet de Sylvette, à l'infini je pourrais jouir de vérifier qu'il n'y a pas de différences entre la photo et la réalité. Je dois me forcer à ne pas retomber dans mon enfance à moi, c'est ce que Sylvette attend, c'est ce qu'elle attend de chacun, je sais que sa haine m'attendra, toute fraîche et reposée, si je replace la photo dans la boîte et que je referme le couvercle. Je dois me méfier, c'est sans fin, si je faiblis j'aurai cinq ans moi aussi, à l'époque où je m'appelais officiellement Marcelle sans le savoir encore et où je faisais raconter à Sylvette ma naissance des vraies centaines de fois. Où je lui montrais que de la vie ne m'intéressait que le jour de notre rencontre.

Pour me donner du courage, je me dis que Sylvette me montre ultimement cette photo pour me dire pardon, pour me dire que je n'étais pas folle finalement, que je ne mentais pas, que oui, depuis le début de ma vie en face du champ de courses, j'avais compris qu'elle avait cinq ans depuis qu'elle avait cinq ans et que chaque jour depuis ce temps était présidé par un même âge de survivante.

Mais tout va beaucoup plus vite que je n'aimerais, je n'ai pas le temps de me dire que je dois faire attention à ne pas tomber dans le trou noir des gens qui ne sortent pas de leur enfance, la seule chose qui me vient est une envie de hurler, comme quand j'avais retrouvé et ramené l'enfant-Sylvette de l'hôpital parisien. Je voudrais lui crier dessus, je m'apprête à le faire au moment où la réalité de son corps me rattrape et m'arrête.

Quand on me demande des nouvelles de Sylvette, je prends l'image des camps de concentration, comme une carte postale sordide, une image d'Épinal interdite, comme Sylvette racontait

Armand l'alcoolique avec des clichés de littérature facile. Je devrais avoir honte de moi mais ça parle aux gens quand j'évoque les images des victimes que nous avons tous en tête, les gouffres bruns des yeux enfoncés et le corps irréel. « Ah d'accord, on en est là », me répondent les gens. Je ne peux pas crier sur un corps qui évoque cette histoire collective, je ne peux pas crier sur ce corps dans lequel la moitié de moi a vécu quarante ans, et toutes les minutes que cela veut dire quarante ans, y compris celles, décisives et floues, de l'année des cinq ans de Sylvette.

L'enfant est toujours là, en surimpression sur la carcasse, il me regarde : « Le truc que je ne comprends pas, c'est pourquoi ça m'est arrivé à moi… » Oh, comme je sens mon espoir d'entendre la vérité de Sylvette toujours en embuscade dans mon cœur, comme je suis méprisable de me dresser tout en attention, tendue vers elle, oh, comme j'ai un incendie qui fond mon existence et qu'elle pourrait éteindre de quelques phrases vraies.

– Pourquoi quoi t'est arrivé ?

– Bah… le cancer, quoi d'autre ?

Je la vois, avec des flammes dans ses yeux immenses, agrandir mon incendie au lieu de concourir à l'éteindre, je vois dans ses yeux les flammes de mon ravage monter plus haut que le poison.

– Je reviens.

Je quitte la pièce et le lit pour ne pas la violenter. Je rigole en pensant que les faits divers sont pleins de nourrices, de parents et de bébés secoués et que Sylvette pourrait mourir de mes mains, « mémé secouée », ça me fait rire, je n'ai pas de cigarettes, j'ai arrêté de vouloir mourir comme Armand et je le regrette.

Je fais un tour dans le jardin où nous dormions la nuit dans le vacarme des escargots dévorateurs, je retrouve l'endroit de l'oseille à omelette, de la ciboulette que je mangeais avant toute possibilité de cueillette. Quand j'étais enfant, ce jardin était pour moi celui de Sylvette-enfant, je n'arrivais pas à nous distinguer. Je mangeais de l'oseille parce que Sylvette faisait pousser l'oseille qu'elle mangeait dans sa banlieue, mon présent et le sien de l'époque devenaient un même temps. En me voyant faire, elle se voyait faire et garantissait l'extension perpétuelle de l'année 1950. Dans ma fuite précipitée, j'ai gardé la photo de Sylvette et de Simone en noir et blanc. Ma petite fille, ma chérie, je regarde cette enfant au grand nez et aux yeux tendus vers plus tard, les fantômes sont là aussi sur la photo, on ne voit pas les marques, les gifles, les coups, mais je les sens piquer le papier épais de l'image brillante. Comment ont-ils pu, mon amour ? Je m'assois par terre dans le jardin, je reprends la photo et la réexamine comme si cette enfant m'était inconnue. Que vois-je ? La terreur. Sylvette a peur, si peur. Je retourne dans la maison et je retente mon transfert de la photo vers le corps de Sylvette. Oui, c'est le même visage. Celui de la peur.

C'est cela, l'enfant-Sylvette.

La peur.

Je dois m'en contenter.

28.

Un reste de nuit plane encore au-dessus du toit quand Simone est éveillée par un hurlement qu'elle ne sait pas reconnaître car il est plus nouveau qu'aucune chose nouvelle. Le hurlement dessine de nouveaux murs à la chambre qui vibre. Elle voit tout de suite qu'Armand n'est plus dans le lit. Simone connaît les terreurs de la nuit pour avoir entendu son père mettre en voix ses cauchemars rapportés de la Grande Guerre. Elle avait l'habitude de se lever pour lui mettre une main sur les yeux quand sa mère n'arrivait plus à le calmer. En bonne femme d'infirme, un mystérieux devoir la pousse à secourir son époux, au cas où il se serait blessé, ça n'a rien à voir avec l'amitié qu'on se donne ou qu'on se retire, ces choses-là.

Elle sort de la chambre. Armand n'est plus là du tout. Serait-ce son chéri qui hurle pour demander de l'aide ? Non, il est là, solide dans son bois et son marbre, buffet bien-aimé, ni cassé ni volé. Mais d'où peut donc venir ce cri si ce n'est de sa tête ? Elle se bouche les oreilles, elle chante par-dessus, ça hurle encore. Elle ouvre la fenêtre, ça ne vient pas de dehors. Un chien aboie pour répondre à la mort qu'appelle ce son de voix brisée. Mais à qui ? À qui appartient cette voix qui lance sa sirène qui ne veut pas s'effondrer ? La maison n'a pas de cave, faut-il se réfugier quelque part, alors c'est ça, les bombes retombent dans la nuit ? Il faut qu'elle trouve à se cacher, qu'elle aille chercher la petite ou de l'aide, non, d'abord la petite, qui doit être réveillée sous le vacarme de cette alerte du diable. Simone retourne dans la chambre pour aller chercher la gosse.

Sylvette est debout, accrochée au fer de son lit, la bouche ouverte sur un gouffre qui avale tout le reste de son visage. C'est de là que vient le cri. Il n'est pas aigu comme on pourrait l'attendre d'une voix d'enfant. Simone dit les mots normaux qu'on doit dire aux petits qui ont peur de la nuit et des pensées étranges qui les prennent comme chacun. « Chut, rendors-toi, il est parti le mauvais rêve. » Sylvette ne peut pas entendre les mots de sa mère tant sa voix décharge une puissance de géant. Simone répète un peu plus fort la phrase censée conjurer le vacarme.

« Chut, rendors-toi, il est parti, il est parti... »

Elle entend ses propres mots et elle comprend. Il est parti, il est parti... C'est vrai, Armand est parti, mais à quel moment dans la nuit, elle ne le sait pas. Il ne fait pas cela d'ordinaire. D'ordinaire il rentre ou il ne rentre pas, mais il ne quitte pas la maison en pleine nuit. Que deviendra-t-elle sans lui ? Elle n'a besoin que de lui, elle n'a pas été gentille et maintenant il est parti, peut-être pour toujours. Elle seule sait ce qu'il y a de bon derrière sa rage, elle sait comment il fait pour essayer de s'excuser quand il va trop loin, elle regrette d'avoir pensé qu'elle préférait le buffet, elle est la femme d'un seul homme pour toujours, elle jure qu'elle ne le provoquera plus. Pardon.

Simone ne s'aperçoit pas qu'elle a saisi sa fille par ses épaules contractées de terreur, elle la secoue doucement puis plus fort, il est parti, « Il est parti », Sylvette devient un grelot dans les mains de Simone, la bille de fer au centre de la boule incisée qui sonne « parti, parti, parti », rien ne veut finir. Avec un effort impressionnant pour faire du cri un mot, Sylvette répond à sa mère et le cri qui est devenu un mot tremble d'être secoué si fort.

– OUI.

– Oui, quoi ? Oui, le rêve ? Oui, un cauchemar ? Oui, quoi ? Mais tu vas répondre à la fin ?

– OUI… partiiii…

– Oui, il est parti, ton père, mais il va revenir, sauf si tu continues à hurler, et là il ne reviendra jamais et ce sera ta faute.

L'enfant ravale son cri.

– Je vais faire le café au lait.

Sylvette voit sa mère quitter la chambre pour la seconde fois.

Le cheval est parti. Il n'est plus dans le lit, il n'est pas en dessous, il n'est nulle part dans la maison. Le cheval cette nuit a quitté Sylvette.

29.

Sylvette s'est endormie. Je suis restée sur la chaise, à côté du lit, installé dans la salle à manger pour éviter à mon père de monter et descendre les escaliers toute la journée pour la servir. Rien ne bouge en moi, l'amour évanoui ne revient pas à la vie comme je l'espérais tant. Je sais au fond que c'est trop tard, Sylvette a choisi de persister dans une vie de fable. Devant le corps sans muscles que j'ai sous les yeux, je me souviens combien j'aimais tout d'elle, ses cheveux, ses oreilles, l'odeur de ses poignets, j'aurais vidé mon corps de son sang pour un sourire car tels étaient ma joie et mon salut : une femme qui était Sylvette et qui était l'univers. Comment aimer après ça ?

J'ai la photo à portée de regard, je prends un crayon et je note au dos « 1950 », comme si je laissais à l'avenir un message secret à décrypter. Chacun se dira que c'est l'année de la photo et, comme c'est vrai, aucune chance que quiconque cherche à creuser. Je suis lâche.

Je contemple à nouveau l'enfant brune au grand nez qui a peur. Je regarde la robe, les socquettes blanches, les chaussures en cuir à brides nouées. Sous la robe, une culotte bouffante floute la forme du bassin de l'enfant. Je pose mon doigt trop gros pour caresser son ventre, si on me voyait faire, on se dirait que je suis malsaine et sûrement je le suis. Je suis d'Armand, je ne veux pas l'oublier. Je caresse le ventre de l'enfant de cinq ans sur la photo, je couve son ventre et je me dis que je suis là, sous mon doigt, en moitié immature, en potentiel de vie. Je chantonne *Je suis seule ce soir* puisque c'est l'hymne que j'ai décidé d'attribuer à Simone et Sylvette et c'est tellement vrai que je suis seule, au chevet de Sylvette qui ne parle pas. Je me concentre pour faire place nette dans l'au-delà mais je dois mal m'y prendre puisque rien n'arrive.

Je cherche une forme de mémoire primitive, une sorte de mémoire d'ADN, d'avant les neurones, les ligaments, le cerveau et l'estomac. Je me fais croire que cette mémoire existe, c'est pour cela que je retrouve le chemin des incantations et des litanies, la forme de refrain de ces mots, « j'y étais », pour que ça devienne vrai. Je fais comme Sylvette. Nous ne sommes pas les seules, beaucoup font cela, se mettre à disposition d'une histoire et prendre en notes ce que cette histoire souhaite nous dire, même si nous n'y étions pas. Les historiens en font le métier et je me demande s'ils éprouvent la même difficulté, la même gêne au moment de placer leur récit, je me demande si leur fameuse obsession à faire parler les sources, à administrer des preuves, ce n'est finalement pas le réconfort qu'ils ont trouvé pour endormir ce sentiment de malaise au moment de raconter ce dont ils ne sont pas sûrs.

Je suis tellement fatiguée d'inventer la vérité.

30.

Adénophlegmon. C'est maintenant le mot que Simone chantonne dans sa tête, elle l'a appris par cœur puis l'a enseigné au buffet pour qu'il connaisse le nom du miracle qui le charge chaque jour de gâteaux, de tartes, de cadeaux pour la petite. Adénophlegmon, ainsi sonne le nom de cette bénédiction qui a ramené de la visite à Simone, du café autour de la table, tout le quartier qui défile comme à l'époque où la gosse venait de naître, elle s'en souvient en souriant : « Alors, où qu'elle est la petite Françoise ? »

Une boule dans le cou puis une autre puis tout le tour comme si la petite avait avalé un gros collier de perles et qu'on pouvait le voir en relief sous sa peau d'enfant. La méchante voisine a demandé si c'était un goitre. « Non, a dit fièrement Simone, pas du tout c'est un adénophlegmon d'origine inconnue. » Dans sa bouche, ça sonne comme le nom de l'émissaire d'un peuple lointain ou d'un insecte aux couleurs impossibles, elle en mangerait presque. Dès huit heures du matin, ils viennent, qui avant d'aller travailler, qui avec une boîte de gâteaux, ils se succèdent pour voir le prodige, une enfant d'à peine cinq ans avec un cou de taureau. C'est effrayant. « Oui, effrayant », répète Simone gourmande.

– Et c'est arrivé du jour au lendemain ?

– Non, pas vraiment, j'ai vu une boule, puis une autre, à la troisième j'ai appelé le docteur.

– Et vous ne pensez pas que… que ça pourrait être la maladie de son père ? Je connais un ami de mon neveu, ils l'ont eu de père en fils, à moins que ça ne touche que les hommes ? Vous ne pensez pas ?

– Le docteur a dit que c'est peut-être un microbe. Moi je crois ce que me dit le docteur, après vous pensez ce que vous voulez. Il est gentil, le docteur, il m'a dit : « Madame, vous avez fait exactement ce qu'il fallait, vous lui auriez donné de l'eau glacée, ça aurait pu la tuer ! » J'aurais dû faire médecine, si je n'avais été obligée de soigner Papa…

– N'empêche qu'on me retirera pas de l'idée que… Et il a dit si elle avait un risque de… ?

– Mais taisez-vous donc ! Vous allez amener le malheur sur la gosse, a coupé l'autre voisine, arrivée entre-temps, un petit signe de croix conjure le malheur susnommé.

– Il faut que la fièvre tombe, c'est le problème.

– C'est quand même barbare ce nom, comment vous avez dit déjà ?

– Adénophlegmon, répète Simone sans fourcher, l'orgueil audible.

– Elle arrive à parler avec… avec cette chose ?

– Non, elle ne peut pas. Elle était bizarre les quelques jours avant, elle ne disait plus rien.

– Elle n'est pas très causante de toute façon votre Sylvette, ce serait ma fille, je me serais déjà inquiétée, remarquez le papa n'est pas un grand bavard non plus !

– Il a toujours été comme ça, Armand, dit la plus vieille des trois femmes attablées, déjà petit, il fallait jamais rien lui demander… ni excuse, ni merci, ni de dire bonjour !

– Oui mais bon, il a souffert, le pauvre petit, on sait pas ce que ça laisse dans la tête des gosses, l'hospice.

Un silence de recueillement.

Simone est bien contente de recevoir tout le quartier. Elle se met en place à la porte de la chambre dont les rideaux restent fermés depuis des jours et des jours, pour laisser Sylvette reposer. Au guichet de l'embrasure, elle délaisse sa fonction de mère pour celle d'ouvreuse, elle énonce les consignes, une personne à la fois, non ce n'est pas contagieux mais il vaut mieux quand même éviter de toucher, on ne sait jamais. Elle distribue des billets invisibles, droit d'entrée pour voir le prodige, voilà encore une profession qu'elle aurait pu faire si la vie avait été différente, montreuse de cirque, elle n'ose pas penser « de monstres » mais elle imagine quand même Armand juché sur un tabouret, exhibant ses jambes tordues pour quelques sous. Le prix de l'entrée se résume aujourd'hui à des offrandes du voisinage qu'elle remise dans le ventre chéri du gros buffet avant de permettre l'accès au petit lit de fer. « C'est monstrueux. Jésus, Marie, pauvre petite. »

Sylvette ne sait pas qu'elle est observée, à peine la présence des visiteurs croise-t-elle parfois le délire que la fièvre déploie dans ses veines, elle pense que le plafond descend sur elle. Ce sont les regards horrifiés. Son cou énorme et gonflé a débordé l'arrête des mâchoires, sa tête trône sur une minerve de chair bosselée. « Courage, ma fille, je vais prier pour vous. » « Merci. Merci. » Quand même on a envie de poser un doigt sur une des protubérances, ça porte peut-être chance comme la bosse des bossus ? L'autre voisine piaffe à la porte : « C'est mon tour maintenant ! » Et ça recommence : « Mon Dieu, pauvre petite, origine inconnue vous dites ? » « Parfaitement inconnue », chuchote Simone, auréolée de gloire, c'est dans sa maison qu'il y a un mystère, c'est dans sa chambre que le docteur a hoché la tête, si, si il a dit : « Je n'en ai jamais vu de si gros à cet âge-là. »

31.

« Je suis née dans un jardin magnifique », me dit Sylvette entre ses os comme si c'était une phrase inédite, une forme de scoop. « C'est cela qu'il faut raconter, je suis née dans un jardin. » On dirait qu'elle a compris que j'écrivais sur elle. J'ai promis de me taire, je ne demande pas. « Je suis née dans un jardin magnifique et même partout où j'allais c'était un jardin. » D'accord. Toi tu racontes ça et moi, Sylvette, je me charge du reste. Mon père nous interrompt.

– Elle a bonne mine, la princesse, tu ne trouves pas ?

La question de mon père résume parfaitement ce qu'il en coûte de vivre plus de cinquante ans avec une victime pleine de résilience, on peut, sans être arrêté par un reste de conscience réaliste, prononcer ces mots au-dessus d'une femme presque morte :

« Elle a bonne mine. » Elle a réussi à le faire basculer dans la fable. C'est prodigieux.

– Non, je ne trouve pas qu'elle ait bonne mine.

– Tu as vu la belle plante qu'on m'a apportée ?

– Oui.

– À part le cancer, je suis en bonne santé, c'est ça qui est bien.

– Non, tu n'es pas en bonne santé.

– Si, je suis en bonne santé, les analyses de sang sont très bonnes, le docteur B. (il est gentil le docteur B.), c'est lui qui l'a dit.

– C'est vrai ce que dit ta mère, le docteur l'a dit. Ils sont formidables dans ce service.

– Et l'aide psychologique, ils l'ont proposée ?

Sylvette rigole.

– Pour ton père, ça serait vraiment bien.

32.

En 1950, l'origine de la maladie du cou de Sylvette n'est pas du tout inconnue comme l'a dit le gentil docteur. Sylvette, elle, sait parfaitement d'où elle vient, il n'y avait qu'à lui demander : c'est une maladie de chagrin. Dans la nuit, elle a cherché partout le petit cheval sous les draps, elle a fait et refait le chemin de ses mains pour le retrouver. Papa n'était plus dans le lit. Maman dormait. Elle a eu peur de la gifle car on doit prendre soin de ses affaires, elle a pleuré de honte d'avoir perdu le jouet que Papa avait fabriqué lui-même rien que pour elle avec tant de soin. Sylvette, dans la nuit, s'est dit qu'elle était une mauvaise fille.

L'enfant pense que le cheval s'est enfui par le rêve qu'elle était en train de faire. Il courait dans le soleil et soudain il y a eu une ombre sur lui comme quand c'est l'orage et l'ombre l'a mangé en entier et

Sylvette a eu beau crier au milieu de son rêve pour évader l'ombre qui avait si faim d'un cheval, ça n'a pas suffi, après le cheval n'était plus là, il ne faut pas rêver la nuit car il arrive qu'on y perde ses affaires et même ses amis. Sylvette se souvient qu'elle a chanté la seule chanson qu'elle connaît bien dans son rêve et que le cheval avait entendue lui aussi tant de fois, *Je suis seule ce soir,* elle a pensé que ça le ferait revenir comme les chiens qu'on siffle au pied. Elle a demandé avec un grand « s'il vous plaît » que l'ombre de l'orage recrache son cheval mais rien ne marche et rien ne marchera plus jamais.

Les jours d'après le cauchemar qui a mangé son cheval, la peine de Sylvette a trouvé un lit confortable dans son ventre, elle a pris toute la place comme si c'était dans son ventre que ça pleurait et même que ça saignait, alors plus besoin de manger. Papa a dit « appendicite » avant même que Sylvette arrête de manger et elle était si contente qu'il se préoccupe de sa maladie et qu'il dise à Maman : « Quelque chose. Elle a attrapé quelque chose, la petite », parce que Papa s'en fiche d'habitude mais là il était vraiment inquiet dès qu'il est rentré du travail le soir après le cauchemar qui a mangé le cheval. Ensuite la peine de Sylvette a quand même grandi même si Papa était gentil et elle n'a plus trouvé de place dans le ventre et un matin elle a remonté le tuyau pour se mettre dans la gorge puis là sous la peau du cou, où elle a trouvé à se multiplier en boules de tristesse. Pour faire revenir son cheval, il fallait que la peine de Sylvette soit visible et le cou a grossi pour signaler la présence de l'enfant avec sa douleur de géant. Mais le cheval n'est pas revenu. Il ne revient pas. Et peut-être que l'ombre de l'orage dans le rêve était un nuage noir et qu'il a plu sur le cheval dans la tête de Sylvette et la petite le voit qui s'enfonce dans la boue et la pluie et se noie de tout son bois et ça fait mal à Sylvette pendant qu'il s'enfonce. Il crie, un cheval sait crier, c'est ce que l'enfant a découvert, elle entend la longue plainte du fond de son lit, ce n'est pas toute la journée, c'est le soir qu'elle entend le cheval appeler, le cou de Sylvette la cloue au matelas, elle voudrait lui faire signe pour qu'il rentre dans l'écurie de ses deux mains jointes. Mais c'est la fièvre qui est venue.

Armand a crié à Simone que tout ce cirque de maladie de la gosse, c'était une idée à elle pour le rendre fou, Simone sait parfaitement qu'il ne peut pas supporter une chambre qui sent le médicament et la fièvre mais tout ça se payera un jour, qu'elle soit patiente, elle payera, il trouvera le moyen de lui casser la nuque avec son amour géant.

33.

1950. Qui pourrait sauver Sylvette ? Qui en aurait seulement l'idée ? Pas sa mère, qui couve le marbre du buffet de ce geste agaçant de caresse qu'ont les femmes enceintes sur leurs ventres et qui n'attendent plus rien de l'existence. Pas les voisines, dont elle n'entend plus le babil malfaisant tant la fièvre recouvre les sons et les mots d'une épaisse couche de brouillard mou. Dans les torsades de pensées folles qui habitent sa tête, Sylvette appelle le magicien qui avait rendu Papa tellement gentil qu'il avait fabriqué un cheval pour elle toute seule. Il faudrait lui demander la formule qui fait revenir les chevaux des rêves, il doit y en avoir une, les magiciens savent comment faire des choses impossibles. Du fond de la fièvre, elle appelle le mage : « S'il vous plaît, monsieur, s'il vous plaît. » Est-ce lui qui parle avec Maman à la porte de la chambre et qui se penche ? Est-ce l'ombre qui a mangé le cheval qui est revenue ?

C'est le docteur qui se penche au-dessus de Sylvette. « On n'en est pas là. On ne peut pas savoir ce qu'il advient des adénophlegmons, surtout chez des enfants si jeunes. » Comme Simone a l'air absente, il répète : « On n'en est pas là, on n'en est pas là. » Simone n'écoute pas, les choses s'affolent dans sa tête. Elle n'avait pas imaginé la suite, si confortablement installée dans sa fonction de montreuse de bubons. Enfin, elle ose affronter ce qui rampe peut-être déjà dans le cou de sa petite fille. À la Toussaint prochaine, Sylvette aura rejoint Papa, elle s'imagine portant les fleurs pour deux morts. Il faudra s'habituer à ce que la petite ne joue plus à ses pieds, c'était quand même quelqu'un à qui parler… « Merci Docteur, à demain. »

Simone piétine les motifs du tapis, les suit pour faire le tour de la table. Voilà ce qui arrive à force d'incanter les fantômes des chansons d'amour triste, un jour la chanson dit vrai, on finit par être vraiment seule ce soir… *j'ai perdu l'espoir de ton retour…* La révélation frappe Simone, en voilà une consolation qui vaut bien toutes les peines ! Elle s'apprête à devenir la mère d'un enfant mort. Elle sent déjà que la grasse famille de celles qui ont perdu un fils au combat et des autres qui ont mis en terre des nourrissons fauchés par des fièvres inconnues lui ouvre grands les bras. Des millions de voix l'appellent, oh, comme elle entend l'appel ! Elle lève les yeux sur le plafond qui se pare aussitôt d'une fresque immense. Elle voit toutes ses futures sœurs de peine et toutes les mères des douleurs se tenant par la main. Elle voit la ronde au centre de laquelle trône la Vierge Marie, la plus sainte d'entre toutes les femmes et le fruit de leurs entrailles est béni dans sa perte. Simone se peint assise sur les genoux de la mère du petit Jésus, comme elle y sera bien quand tout sera fini et que Sylvette sera morte ! On lui devra un respect éternel. Simone imagine les offrandes, les gentillesses. À coup sûr le buffet n'aura pas assez de son ventre sombre pour contenir tout ce qu'on lui offrira alors. Une vraie respectabilité. Pour toujours. Il faudra mettre la robe noire du dimanche tous les jours et elle aura enfin le droit de dire toutes les bêtises de sa tête et de chantonner tout haut même devant du monde. Elle les entend d'ici choisir un ton plus bas pour faire leurs commentaires : « Il ne faut pas lui en vouloir, elle a perdu un enfant. » Silence. Soupirs affligés. Devenir orpheline de père et d'enfant, voilà son destin.

Il faudrait s'entraîner pour voir. Simone file dans la chambre et ouvre les volets sans un égard pour Sylvette qui gémit de douleur, agressée par la lumière. Elle déhousse religieusement la toilette des grands jours, la robe noire de la Toussaint quand elle va discuter avec Papa chéri. Elle se débarrasse de ses vêtements quotidiens qui décidément ne lui conviennent plus. Elle se trouve drôlement jolie dans la robe du dimanche, elle a l'impression qu'elle la met pour la première fois. C'est comme une robe de bal. Elle quitte la chambre en oubliant de refermer les volets. Des orgues éclatent de Kyrie dans sa tête mal rangée. C'est bien joli d'être jolie, oui, c'est bien joli. Dommage qu'Armand ne soit pas là pour la voir, elle aime quand il la regarde avec le feu des affamés… c'est son amoureux, c'est normal. Mais non, mon chéri, ne sois pas jaloux, je sais que tu es toujours là pour me regarder. Le petit miroir moucheté qui surplombe le marbre du buffet lui offre inopinément une jolie femme à qui parler. Simone se dit qu'il ne coûte rien de s'entraîner un peu plus. Elle allume une bougie, referme les volets et se met à genoux au pied du lit en fer. Le noir revenu se pique d'une petite flamme, Sylvette pense que le magicien est enfin en approche, il va venir pour lui rendre son cheval, elle aimerait relever la tête pour l'accueillir, elle n'y parvient pas.

34.

La vérité est que l'enfant-Sylvette de cinq ans n'a jamais disparu. Il a toujours été là, indéboulonnable, fixe. Il est l'axe autour duquel je tourne. C'est faux de dire que je l'avais perdu de vue puis retrouvé à la faveur du cancer. Je me disais que ce serait mieux pour le livre de raconter les choses comme ça. Ça ferait vrai récit. Il y a une différence entre inventer et mentir. On ressent parfaitement la limite entre les deux. Je n'ai plus le temps pour les stratégies.

La vérité est que ce n'est pas moi qui ai fui l'enfant-Sylvette.

J'ai été quittée par lui. J'en suis encore inconsolable.

À partir d'un moment, la vie s'emballe. J'ai quinze ans, seize ans, dix-neuf ans. Je me lance à l'assaut de la jeunesse qui débute après l'enfance.

Aux yeux de Sylvette, mon corps tout neuf marque ma déchéance et ma disgrâce. Je perds ma valeur, oui, c'est cela le mot, je suis dévaluée. Plus j'avance en âge, plus je rejoins le monde des méchants, la preuve, je suis enfin admise à la table des adultes quand il y a des fêtes de famille. J'attendais ce jour avec tant d'impatience que ma déception m'est tombée dessus comme une mauvaise nouvelle. Je n'ai rien senti de ma promotion car autre chose se joue. Je suis rétrogradée du noble rôle d'actrice-vedette à celui de spectateur parmi d'autres dans la vie de Sylvette. Personne autour de moi ne remarque que je me noie dans un drame irréversible et que j'assiste à la fin du plus grand amour de ma vie. Sylvette, Dom Juan aux méthodes aguerries et au charme irrésistible, a trouvé de nouvelles proies en la personne des enfants des autres, les vrais enfants de quatre ans ou même moins, amenés par les convives occasionnels. Je ne l'intéresse plus. À partir de maintenant, elle part en quête de mes remplaçants puisque je n'ai pas encore moi-même d'enfants à lui offrir en compensation.

J'assiste à ma propre enfance rejouée au détail près dès qu'un enfant est là. Sylvette lui chante les chansons de mes trois ans, elle chuchote les mêmes mots dans le même ordre à d'autres que moi. Ses litanies ne sont plus ma propriété. Son visage retrouve la beauté vive de mes souvenirs, le temps fait un bond en arrière à la faveur des « je suis née dans un jardin merveilleux », « tu veux qu'on aille manger de l'oseille ? », « monte là-dessus, tu verras Montmartre », « biquette n'veut pas sortir du chou ». Tout est en parfait état, adressé aux enfants des autres. Le tout début de ma vie réapparaît comme une momie prise dans la glace dont la décongélation révélerait des milliers d'années après le visage intact et inquiétant. Mon enfance n'était au fond qu'une recette duplicable. J'ai envie de pleurer. Je suis comme une femme vieillie que remplacerait par une plus jeune un homme soucieux de ne pas mourir trop vite.

Je regarde ces enfants qui ne sont pas moi mettre leurs petits bras autour du cou de Sylvette et je vois Sylvette rajeunir grâce à l'élixir de leur soi-disant amour pur. J'essaye de les prévenir, de les prendre à part dans la cuisine, de leur dire : « Attention, l'existence possède aussi une face sombre dont les ombres sont faites de vérités noires. Attention petite fille, petit garçon, les clochettes ne tintinnabulent pas éternellement et c'est souvent l'hiver, passé la grille de la maison enchantée de Sylvette. » Mauvaise joueuse, j'insiste : « Attention, elle n'aime de vous que votre âge, vous serez laissés aussi. » Ces enfants sont bien plus tranquilles que moi quand j'avais quatre ans, ils profitent sans crainte. Ils ne sont pas les anciens œufs de Sylvette. L'immense différence entre nous est que la moitié d'eux n'a pas dansé en 1945 à la Libération de la France.

Les rassemblements familiaux me permettent d'observer mon père, de comprendre le rôle qu'il s'attribue. Il essaye d'oublier que Sylvette fait l'enfant en jouant sur le tapis avec un enfant véritable quand nous sommes tous à deviser de sujets d'adultes en buvant de l'alcool, ce que Sylvette ne fait jamais car elle ne boit pas le lait d'Armand. Je me rends compte que mon père est le spectateur du désir puissant de sa femme à l'endroit des enfants depuis toujours et peut-être plus encore depuis le jour de ma naissance. Comme une révélation tardive, je vois l'envers de sa colère perpétuelle, je vois la solitude perpétuelle d'un homme qui a attaché son amour à une femme malade, je veux dire malade d'origine. Il n'est pas étonné de voir Sylvette les yeux dans le vague au dîner, déçue de devoir siéger à la table des adultes. Il n'est pas étonné de la voir fixer les vrais enfants et de se plaindre qu'on parle trop fort de choses sans intérêt car nos voix l'empêchent d'entendre chaque mot des enfants qui jouent sur le tapis où elle aimerait tant les rejoindre. Il n'est pas étonné mais il n'y peut rien. Je suis adulte maintenant et je me dis que la colère dont il emplissait la maison, qui chaque jour était neuve, était sa litanie à lui, ce qu'il répétait à l'envi pour qu'on l'entende, pour se faire une place dans le royaume où Sylvette et moi n'avions pas besoin de lui pour être heureuses. Comme il était seul avec sa grande valise. Comme il était sans secours.

Un jour, l'annonce du cancer sera la chance de mon père. La maladie chassera les enfants, les obstacles. Resté debout pendant plus de cinquante ans pour être le dernier partenaire de jeu de sa femme, il sera seul aussi à la toute fin pour lui mentir dans une joie si triste : « Elle a bonne mine, la princesse ! »

Je ne lui disputerai pas sa victoire.

35.

Armand est renvoyé de l'usine. Le patron a surpris sa fille chérie en train de le chevaucher dans la réserve. Armand n'a plus de travail. Il s'en fout. Il a passé l'après-midi à boire en attendant l'horaire habituel pour prendre le train qui a avalé les stations et les gares pour le cracher dans sa banlieue. Comme chaque soir depuis le début de la maladie de la gosse, il s'est demandé s'il trouverait Sylvette morte en arrivant. Il faudrait qu'elle soit morte. Au bout de la rue se tient peut-être sa chance. Et puis que se passerait-il si elle se réveillait et qu'elle racontait ? Personne ne croirait une gosse de toute façon, surtout pas celle-là qui est toujours en train de parler toute seule. Il n'a pas envie de chercher du travail, rien ne presse, il a des projets. En premier lieu, il veut récupérer Simone. Une main sur son épaule interrompt ses divagations. C'est le docteur qui sort justement de chez lui.

– Armand j'ai une bonne nouvelle ! Votre petite est sauvée !

La rage a englouti le trottoir, comme souvent elle a prêté secours aux jambes tordues pour leur inventer une vitesse qu'elles ne connaissent pas habituellement. Le petit portail est ouvert, quelques femmes viennent l'accueillir et lui souhaiter la bienvenue dans sa propre maison. Armand connaît déjà. Ce sont les mêmes qui avaient aidé Simone à mettre bas, c'est la même cérémonie qui signe une fois de plus la fin de sa tranquillité.

– Quelle belle journée, Armand !

– On a eu si peur pour Françoise, enfin Sylvette, ah ça oui, pas vrai qu'on a eu peur ?

– Dieu a entendu nos prières, filez vite voir votre petite !

Il remonte le courant des mines réjouies, la salope, elle a rameuté tout le quartier, pas seulement les femmes, pour fêter la résurrection de la gosse. La rage l'escorte dans l'allée du jardin. Une vieille chuchote : « C'est sa façon de faire depuis qu'il est tout petit… c'est l'émotion. Il a dû craindre tellement pour la gamine ! »

La petite troupe silencieuse venue fêter le miracle en se donnant des airs de pèlerins de Lourdes dans la salle à manger se laisse fendre par le corps de l'estropié. Tous s'écartent pour laisser passer le père. Armand s'arrête une minute à l'entrée de la chambre, il voit Simone à deux genoux pliés, en prière, il voit la flamme pathétique de la bougie, les deux harpies qui encadrent la comédie, fières comme des pintades.

Armand se penche au-dessus du petit lit-cage où râle une masse dont les contours tremblent. Il regarde Simone qui psalmodie des « merci mon Dieu ». Elle est allée jusque-là pour le rendre fou, jusqu'à singer les bonnes sœurs qui venaient en rampant user leurs rotules sur le sol au pied de son lit d'hôpital. Elle lui met sous les yeux l'image même de son enfance massacrée. Pour rien. Pour le détruire. Sa contemplation n'a pas duré une minute, il a tout vu en une fois. Il ne s'approche pas de Simone rapidement, elle aurait le temps de sauter sur ses jambes valides et d'aller se réfugier dans le tas d'imbéciles encore présents, non, il glisse lentement vers elle et souffle aux deux chaperonnes de quitter la chambre. « Bien sûr, mon garçon. » Mais certains restent dans l'embrasure à regarder Armand retirer la robe noire de Simone.

– Oh non, pas là, pas comme ça, ils sont encore là, ils vont nous voir !

– Mais si comme ça. Tu es à moi, tu es à tout le monde, salope, tu vas voir, tu vas voir comme tu es à moi et à tout le monde.

Simone est bien embêtée. Armand lui a tout froissé sa jolie robe. Elle y pense pendant qu'il lui enlève ses bas au pied du lit de Sylvette.

Les femmes ont vidé les lieux pour ne pas voir la suite, ce que c'est indécent tout de même, il n'a que ça dans la tête ou quoi, il n'aurait pas pu attendre pour faire ses petites affaires... Dans l'embrasure de la porte ne restent plus que les hommes. En croisant le regard du voisin d'en face, Armand a une idée. Il est sûr que le voisin a eu la même idée que lui. Combien serait-il prêt à payer pour voir Simone se faire prendre ? Combien donnerait-il pour la prendre lui-même ? Il voit d'ici les billets. Oui, enfin, il tient sa vengeance et son salut.

Voilà ce qu'il va faire.

Voilà son nouveau travail.

36.

La fièvre est tombée. Sylvette est guérie. La moitié de moi, aveugle et sourde, dort au fond d'elle dans le lit de fer. Ça me perce le cœur. Je ne voudrais pas être une vague forme immature, je voudrais être déjà pleinement vivante en 1950. Je voudrais avoir grandi en une seconde et tout en même temps avoir remonté le temps pour endormir Sylvette dans mes bras. Je voudrais lui chanter déjà en 1950 les chansons qui n'existent pas encore en 1950 et qu'elle m'apprendra bien plus tard, en 1983, 84, 85. Sylvette, mon amour, comment, comment te chanter que tu es déjà le monde et ses merveilles pour moi, dans ton lit de fer froid ? Comment nous retourner comme un gant pour que je devienne ta mère et que tu sois mon enfant et que ce soit moi qui te chante la chanson que tu as besoin qu'on te chante là, endormie, alors que ta maman vient d'être saillie par terre, même si j'invente tout ça, même si je n'ai aucune idée d'à quoi ressemblaient vos jours ? Je t'admire d'avoir réussi à ne pas mourir de ta douleur déguisée en adénophlegmon. Il m'arrive souvent de te souhaiter d'être morte de ta maladie d'abandon en 1950. Je voudrais tant te dire Sylvette que j'aurais été heureuse de mourir à tes côtés au fond de ton ventre, de ton cou gonflé pour rendre ta peine bien visible à chacun. Qui était là, qui était là pour entendre ce que ton pauvre cou obèse essayait de dire au monde ? Je ne pouvais rien pour toi, et tu n'es pas morte de ta maladie d'enfant. Peut-être que la moitié de moi au fond de ton ventre avait écouté ce que ton pauvre cou avait à dire, et que c'est pour cela que tu as survécu. C'est ma faute. Alors je t'ai donné un cheval en bois pour te consoler à rebours d'être restée vivante. Nous le savons, Sylvette, toi et moi, que dans la vraie vie de ton histoire, il n'y avait pas de cheval. C'est si peu un cheval.

Tu sais, j'ai tout fait pour les emprisonner dans le texte, en m'épuisant à leur inventer des chemins de traverse, des bifurcations qui les emmèneraient loin de toi. J'aurais voulu les tenir éloignés de ta maison, leur fabriquer une autre route à suivre, les allier dans leur méchanceté pour les envoyer sévir ailleurs. J'en suis tombée malade, le feu dans le corps, tous mes nerfs devenus des torches qui me faisaient penser que j'étais en train de mourir alors que toi, d'un côté ou de l'autre du temps, tu survivais, quoi qu'il en coûte. Puisque tu disais être née dans un jardin, j'ai inventé un puits sur le côté gauche de la petite maison, un puits infini qui perçait la terre jusqu'à son noyau de lave pour que tu puisses venir y jeter tes seaux de larmes et qu'elles deviennent des bijoux noirs, pétrifiées par le centre du monde, là où il y a des Chinois de l'autre côté. Mais tout ce que j'ai fait est inutile Sylvette, je ne peux pas te consoler.

J'ai sondé les nuits déjà vécues, leur matière de temps noir pour arriver à vous poser là, sur un tapis, sur un lit ou sur des jambes tordues. Je vous ai disposés en forme de circonférence pour essayer de cerner le trou. Je suis descendue au fond de ma mémoire aveugle d'ovocyte pour inventer vos vies de 1945 à 1950. J'ai bâti une maison trop petite pour vos désirs. Je pensais que les raconter te ferait mourir, Sylvette, paisiblement, sans crainte de les retrouver de l'autre côté, mais tu es toujours là, survivante, sans repos, tu ne meurs pas, vigilante, occupée à les combattre encore et encore.

Alors je dois poursuivre.

Après avoir pris Simone par terre, au pied du lit de l'enfant malade et sous les yeux des derniers voisins attardés à regarder ce qui ne devrait pas être regardé, qu'a donc bien pu faire Armand? J'ai d'abord raconté qu'il avait quitté la maison en pleine nuit. À l'abri de ma pensée, je l'ai observé qui s'éloignait, jetant sa rage au-devant de lui pour se construire une route, pour secouer ses idées folles et les rassembler en une seule. Son grand projet. Sa vengeance. J'ai eu besoin de me dire que le sort qu'il réservait à sa femme était un projet, quelque chose de pensé, de réfléchi. Un fait sur lequel compter.

Pour continuer, il a fallu lui donner une destination où se perdre, il a fallu que je lui trouve des nuits à habiter avant de revenir vers Simone pour exécuter son plan, car il reviendra, cela je le sais car il n'était en fait jamais parti. J'ai mis ses pas dans une rue, dans la nuit, à Paris, puisque c'est si proche sur la carte. Je l'ai fait traîner où je crois savoir qu'il aurait traîné à l'instinct. Très fière de moi, je l'ai fait entrer dans un cabaret tout exprès fabriqué pour lui dans lequel j'avais préparé un bal comme au début du récit, à la Libération. Je me disais, un nouveau bal, c'est bien, ce serait une image de l'invasion de la folie d'Armand, de la libération de sa violence. On pourrait dire que chaque portion d'histoire commence par un bal, ça ferait une petite musique en forme de refrain pour se repérer dans leur boue, à tous ceux-là. Je croyais qu'expliquer la nature d'un Armand grâce à une histoire justifierait toute la douleur du trou noir et guérirait quelque chose sans savoir quoi.

J'ai posé mes pensées à plat comme sur un papier à patron, j'ai fait le tour des personnages avec un morceau de savon de ma tête. Il y aura des gens tordus dans ce cabaret, des gens tordus comme lui, dans son bal contrairement au bal de la Libération, tous les danseurs lui ressembleront. Une triste banalité de petites gens, des pauvres noces. J'ai donné à Armand une Bibi, une pute de film, j'ai eu honte de la caricature. La Bibi que j'ai faite à Armand était grotesque, elle avait le corps des femmes de ma lignée, de Simone avant l'obésité, de Sylvette avant le cancer, petite taille et large bassin, brunes à nous confondre avec des Orientales, le corps des femmes qui ne retiendront jamais l'attention des jeunes hommes bien nés mais plutôt celle des Armand et de leur rage. Le corps des femmes qui se jettent sur les hommes qui leur plaisent et ne savent pas se tenir et feindre l'indifférence des femmes bien élevées. Je nous ai rassemblées dans ma pute Bibi, c'était facile, gratuit, mais surtout inutile. Passé la grille de la petite maison, je ne savais plus parler d'Armand, ni de ceux qu'il aurait croisés dans ses nuits, loin de Simone et de Sylvette. Sans Simone et Sylvette, je ne sais pas lui inventer des trajectoires, des portes à pousser, des parquets à user de semelles en claudiquant en 1950. Je crois que c'est cela, la vérité d'Armand, sans Simone et Sylvette, il n'existe pas vraiment, c'est sa violence à leur égard qui fait de lui quelqu'un, aujourd'hui encore, je n'entends jamais parler de lui pour lui-même. Il n'est que traces laissées sur Sylvette. Sur moi aussi.

1950, c'est l'orée, c'est le commencement. J'aurais dû commencer le livre par-là mais je n'ai plus le temps de tout refaire. Au chevet de Sylvette, je pose la question pour la dernière fois.

– Tu ne veux rien me dire ?

– Dire quoi ? Il ne faut rien dire.

En 1950, Armand viole Sylvette pour la première fois.

Quelques semaines plus tard, l'enfant déclarera un adénophlegmon d'origine inconnue.

Un jour, j'ai quatorze ans, répondant à une de mes questions Sylvette me dira : « un viol, pas vraiment. »

Je ne la crois pas.

Jamais nous n'en reparlerons.

Dès la guérison de Sylvette, Armand amènera des hommes dans la maison pour qu'ils couchent avec Simone, Armand voudra rester pour regarder. Ils payeront. Les versions diffèrent. Certains disent que c'est faux, qu'Armand aimait regarder Simone se faire prendre par d'autres hommes. Que pour l'argent, on n'en sait rien.

Je ne les crois pas.

Ce que je sais, c'est que j'y étais.

La chanson que chante Simone s'intitule *Seule ce soir*, paroles de Rose Noël et Jean Casanova sur une musique de Paul Durand. Elle est éditée par *Europa* et est créée par Léo Marjane en 1941.

Achevé d'imprimer en novembre 2023
par Firmin-Didot

N° d'éditeur : 2878 – N° d'édition : 623533
N° d'imprimeur : 177512
Dépôt légal : janvier 2024
Imprimé en France